ひとなつの。

真夏に読みたい五つの物語

大島真寿美／瀧羽麻子／藤谷 治
森見登美彦／椰月美智子

角川文庫編集部＝編

目次

郵便少年

森見登美彦

森見登美彦（もりみ　とみひこ）
1979年、奈良県生まれ。京都大学農学部大学院修士課程修了。2003年、『太陽の塔』で日本ファンタジーノベル大賞を受賞し、作家デビュー。07年、『夜は短し歩けよ乙女』で山本周五郎賞を受賞。10年、『ペンギン・ハイウェイ』で日本ＳＦ大賞を受賞する。他の著書に『四畳半神話大系』『有頂天家族』『宵山万華鏡』『聖なる怠け者の冒険』など。

現在のぼくは、日本で一番ノートを書く小学生であると自負するものだ。

ぼくはどこに出かけるときでも、必ず方眼のノートを持っていく。そしてあらゆる発見をノートに書く。そうして世界について学ぶことで、ぼくはまた一段とえらくなる仕組みである。

かつて、ぼくはノートを持っていなかった。毎日学んだすべてのことを、頭の中のノートに書いた。そういう頭の中だけのノートがずいぶんたまっている。

いつも想像するのだけれど、ぼくの頭の中には赤色や緑色のきれいな箱が、レゴブロックのように積まれた倉庫がある。箱の一つ一つにラベルがついている。たとえば「引っ越し」や、「小学校の出来事」や、「ステキなお菓子」というように。箱にはたくさんのノートが入っていて、それらのノートにはぼくが世界について学んだすべてのことが書かれている。ぼくという人間はそれらのノートからできている。

けれども、頭の中だけのノートにはいろいろな欠点がある。字がうすれて読めなくなったり、べつの箱にまぎれこんで行方不明になったりする。これはたいへん困ったことである。頭の中だけにある大切なノートは、忘れないうちに本物のノートに書き写しておかなくてはいけないと思うものだ。

ぼくは頭の中の倉庫を整理して、「郵便」という赤い箱を見つけた。この箱には大切なノートが入っている。だからぼくは、これを本物のノートに書いておく。

これはぼくがまだ小学校の三年生だった頃の記録である。

○

その年の七月、ぼくは「郵便」を発見した。きっかけは日曜日の朝の探検だった。

当時、ぼくはまだ自分の住んでいる街についてよく知らなかった。ぼくはたいへん冒険心の旺盛《おうせい》なところがあったので、日曜日の朝はひとりで探検をした。ふだんから早起きだけれども、日曜日の朝はとりわけ早起きだった。まだ父も母も起きていないことさえあった。

日曜日の朝早く、街はとても静かである。

方眼ノートみたいにきれいに区切られた住宅地は、なんだかプラスチックでできたみたいにピカピカしている。街路樹の葉はあざやかな緑色でまぶしい。ぼくらの街は、たくさんの小さな家と、それらを区切る道路と、街のあちこちにやわらかく盛り上がる緑の丘からできていた。

そういう静かな街を一人で歩いていると、いつもぼくは世界の果てのことを考えた。遠くに見えている丘の向こうには、すぐそばまで世界の果てが迫っているような気がしていた。でもぼくは丘を越えて世界の果てまで探検に行くことはひかえていた。なにしろぼくはまだ小学校の三年生であったから。

ある日曜日、ぼくは道路のわきにある赤いポストに目をひかれた。緑の街路樹の下で、その赤いポストはみがきたてのリンゴみたいにつやつや光っていた。どうして今まで気がつかなかったのだろう。日曜日の朝のポストというものはたいへんすてきなものだということをぼくは発見した。あんまり感心したので、ぼくは長い間そのポストを観察していた。

それがきっかけになって、ぼくは街のポストをさがして歩くようになった。近所のポストをすべて見つけてしまうと、次はもう少し遠くまでさがしに出かけた。どこまでもポストはあった。ここにはないかなと思うと、やはりちゃんと存在していた。どのポストも赤くて小さくて四角かった。その四角いところもぼくの気に入った。ぼくは四角いものが好きである。

やがて、ぼくは郵便局のトラックが郵便物を回収しているところを目撃した。そして、それぞれのポストには回収される時間が書かれていることを発見した。つまり、その時間にぼくがそのポストを訪ねると、いつでも郵便局の人が手紙を回収しているわけだ。すてきなことである。

ぼくはポストの場所と回収時間をおぼえて、出かけていった。時刻通りに郵便局の赤いトラックがやってくると、うれしく思った。そうしてぼくがポストのとなりに立ってじっと見ていると、トラックから降りてきたおじさんがふしぎそうな目でぼくを見た。

「どうしたの？」とおじさんは言った。

「観察しているんです」とぼくは言った。「郵便局の人のお仕事を」

「そんなにおもしろいかい？」

「おもしろいです」とぼくが言うと、おじさんは笑った。

「その手紙はどこまで届きますか？」

「どこまででも届くよ」

おじさんの言葉に、ぼくはたいへん感動した。

ぼくはそのとき世界の果てを想像していた。そこにはきっと、小さな観測ステーションがある。真っ白な玉子の殻みたいな建物で、世界の果てを観測するためにアメリカ航空宇宙局と日本政府が共同で設立したのだ。そしてきっとそこにも赤いポストがあって、郵便局の人が訪ねていくのだ。

どこまでも届くなんて、郵便とはなんてすてきなんだろうか！　とぼくは思った。

それが「郵便」の研究を始めたきっかけである。

そのあと、ぼくはおおいに研究をすすめて、自分で郵便局を開くことになったのだけれど、それにはヒサコさんという八十歳のおばあさんが関係している。

〇

ヒサコさんとは、そのときぼくが通っていた歯科医院で会った。

歯科医院は、ぼくらの住んでいる住宅地から駅に向かうバス路線の途中にあった。大きな池のそばにあるビルの二階である。はじめのうちは母といっしょに通っていたけれど、バスに乗ればかんたんだったので、ぼくはひとりで行くようになった。歯科医院にはおじいさんの「先生」と、その息子の「若先生」がいた。ぼくは若先生と仲良しで、きれいな写真の載った雑誌をもらったりした。

ぼくが初めて見たとき、ヒサコさんは待合室で座っていた。ヒサコさんは髪が紫色だった。そんな色の髪は見たことがなかった。あんまりびっくりしたので、どうして紫色なんですかと聞くと、「なぜなら私は宇宙人だからですよ」とヒサコさんはこわい顔でぼくをにらんだ。

「おばあさんは宇宙人なんですか？」

「『おばあさん』なんて言わないで」とヒサコさんはぴしゃりと言った。「失礼だわ。私にはちゃんとした名前があるのですから」

「失礼しました。ごめんなさい」とぼくは謝った。「お名前を教えていただけますか？」と言った。

ヒサコさんは大きな目を眼鏡の奥でぱちぱちさせて、ぼくの顔を見た。「礼儀正しくて感心なこと。それならば教えてあげましょう。私は『ヒサコさん』と呼ばれていますよ」

そのとき、受付の窓口から若先生がのぞいて、「やあ」と言った。ヒサコさんが若先生に向かって大きな声で言った。「若先生！　ここにおもしろい小さなのがいるんですよ！」

「アオヤマ君ですよ」

若先生はそう言ってから、ぼくに向かって「アオヤマ君、ヒサコさんには用心しろよ。この人はとてもこわい人だからな」と言った。

「何を言っているの。私はちっともこわくなんかありませんよ」

ヒサコさんはこわい顔をした。

たしかにヒサコさんはいつも腹を立てていて、先生たちを困らせていた。ヒサコさんはそのビルの持ち主で、若先生たちは病院を開くための部屋をヒサコさんから借りているのだとぼくは知った。だからヒサコさんはいばっていたのかもしれない。若先生は「こわいこわい」と言いながら、いつもヒサコさんと口げんかみたいなものをしていた。

「そんなに気に入らないなら、よそへ行きなさいよ。べつの歯科医を紹介しますから」

「何を言っているんですか。あなた方には私の歯に対する責任というものがあるでしょうよ」とヒサコさんは言った。「それに腕はたしかですからね」

「ヒサコさん、文句を言うくせにほめるんだからな。ややこしい」

「でも本当に腹が立ったら、あなたの指ぐらいかみ切ってやりますよ」

治療が終わったあと、ヒサコさんはぼくが礼儀正しくしたごほうびにお菓子をあげようと言った。

ヒサコさんの家はそのビルの一番上の階にあって、大きな窓からは池と公園の森が見えた。童話に出てくるような花の模様のソファと小さなテーブルのある部屋で、ぼくはおいしいチョコレートをもらい、ホットミルクを飲んだ。その部屋の壁には大きな写真が飾ってあった。南極の写真だ。広々とした氷の大地に、ペンギンたちがぽつりぽつりと立っている。ヒサコさんはペンギンが好きだった。

「あれは宇宙から来たみたいな生き物でしょう。だから好きなのですよ」

ヒサコさんは言った。「私と同じ生き物というわけね」

「どうしてヒサコさんは宇宙人なんですか?」

「宇宙人というのは比喩《ひゆ》ですよ、あなた。『比喩』ってご存じ?」

「『たとえ』ですね」

「その通り。私は昔からあまり人が好きではなかったのでね。だから自分は宇宙人みたいなものだと思っていたのですよ」

「ぼくの同じクラスに自分は宇宙人だと言っている子がいます。ハセガワ君というんです」

「あら、そう。まあ私には、あなたもじゅうぶん宇宙人のように見えますけどね」

ぼくはヒサコさんにハセガワ君の話をした。

彼はその年の春から同じクラスになった子だった。彼は親しい子がひとりもいなかった。いじわるをされているわけではない。ハセガワ君は力も強いし、泣き虫でもない。でも自分から誰とも仲良くしようとしない。それどころか、彼はときどき自分が宇宙人であると主張した。たしかに彼は宇宙についてくわしかった。でも宇宙人である可能性はきわめて低い。だれかが「うそだろ」と言うと、彼はその相手をばかにするみたいな目をした。「いいよ、うそだと思ってれば?」と言い返した。そうするとみんな何も言えなくなるのだ。

ハセガワ君はたいていひとりでぽつんと座っていた。ぼくは宇宙のことに興味をもっているので、ハセガワ君に何度か話しかけたことがある。でも彼はちゃんと答えてくれなかった。そして残念ながら、彼が宇宙人であるという主張を裏付ける証拠もなかった。

ぼくはそんなことをヒサコさんに話したのだ。

やがて三十分たつと、ヒサコさんはそわそわと時計を見上げた。「あらまあ、もうこんな時間」とヒサコさんは言った。「早くお帰りなさい。そして、またいらっしゃい」

そういうわけで、ぼくは歯科医院に出かけたときはヒサコさんと話をするようになった。

○

郵便局について調べているうちに、ぼくは「私書箱」という言葉を知った。そして、その箱がたいへんほしくなった。でもヒサコさんに聞いてみると、それはあまりぼくには必要のないものらしいのであきらめた。いつか大人になって手紙をたくさん受け取るようになればぼくは私書箱を持つぞ、と思った。ぼくはそれがどんな箱だろうか、きっとすてきに未来的な箱だろうと想像したりした。

ぼくがあんまり郵便の話ばかりしているものだから、ヒサコさんはあきれていた。

ぼくは街のポストの分布の話をして、郵便局の赤いトラックの話をして、郵便局で郵便物に押してもらうスタンプの話をした。ぼくは私書箱もほしかったけれども、郵便局の人が窓口でつかっているハンコもほしかった。あの日付が入るハンコや、速達のハンコがたいへんほしかったのだ。

「そんなハンコを手に入れて何に使うというの?」

「いろいろなものに日付を入れて、いろいろなものを速達にします」

「あきれたことを。郵便局の仕事は郵便局にまかせておけばいいのですよ。あなたの情熱というものには敬意を表しますけれども」

ヒサコさんはそんなことを言いながら、ぼくの話をいつも聞いてくれた。

ぼくは自分で想像した「世界中央郵便局」のことも話した。

そこは宇宙ステーションのような未来的な施設だ。そこには世界各地から赤い飛行機にのせた手紙が集まってくる。全世界の人たちが書いた手紙がその郵便局ですれちがうのだ。そこにはすてきな赤い箱がたくさんならんでいて、やってきた手紙たちを無数の最新型ロボットが高速でふりわけている。「この手紙はスウェーデン行きです」「この手紙は南極行きです」とロボットたちがつぶやいている。

「よくもまあ、次々とそうやって考えるものね」

ヒサコさんは言った。「あなたはボンヤリするということができないの？」

「ぼくの頭はいつも動いているんです」

「頭を使うことは悪いことではありませんよ。それが正しい使い方ならば」

「ヒサコさんはお手紙を書きますか？」

「あまり書きませんね。手紙が来ることもない。私は宇宙人で、しかも年寄りですから、人間の知り合いというものはとても少ない。それでけっこう」

しばらくして、ぼくはヒサコさんから赤くて小さなカバンをもらった。

「これで気分が味わえるでしょう」とヒサコさんは言った。

それは長い紐《ひも》で肩からななめにかけられるようになっていて、すてきなことに郵便局のマークがついていた。ヒサコさんが縫いつけてくれたのだ。そのカバンといっしょに、ぼくはヒサコさんの弟さんが若い頃に使っていた紺色の帽子をもらった。「これは学生帽というのですよ」とヒサコさんは言った。弟さんは頭が小さかったそうだけれども、それでもその帽子はぼくには少し大きすぎた。でもそのカバンをさげて帽子をかぶると、なんとなく郵便局の人らしくなり、ぼくは責任を感じた。

カバンと帽子が手に入ったら、ぼくは手紙を配達したくなった。

でも配達する手紙がなかった。

ヒサコさんはぼくの目の前で、一通の手紙を書いてくれた。

「この手紙を若先生に届けてください」

「はい」

ぼくはその手紙をカバンにしまって階段を下り、歯科医院に行った。そして若先生に手紙を渡した。若先生はヒサコさんからの手紙を読んだ。

「アオヤマ郵便局か」と若先生は言った。

ぼくは近所にある小さな郵便局を見に行くことが多かったので、郵便局の人たちはぼくのことをおぼえている。ぼくがヒサコさんにもらったカバンをぶらさげて歩いていくと、郵便配達のお兄さんが通りかかってバイクを停め、ぼくに手を振ってくれた。

「おつかれさまです」と彼は言った。

「おつかれさまです」とぼくは言った。

○

ヒサコさんはお金持ちのお嬢様だったそうだ。

若い頃は世界中に旅行をした。でも今ではもう歳をとってしまったので、あまり外に出ない。外に出ると、腹が立つことばかりだとヒサコさんは言った。そうしてビルの中でいつも過ごしている。

　ぼくが歯科医院に行くと、ヒサコさんと若先生がまた言い合いをしていた。

　若先生は病院を引っ越すという話をしていて、ヒサコさんはまたぷりぷりしていた。それはもうずいぶん前から決まっていた話だそうだ。でもヒサコさんは納得していない。

「近所にべつの歯科医もありますよ」

「ここが一番近かったんですよ。ほかに行く気はありません。もうだめです。私の歯はだめになってしまう。あなたはそんな無責任なことを」

「そんなことを言われてもね、ヒサコさん」

「かまいませんよ。もう私は南極にでも行って死んでやろうかしら」

「そんな無茶な。だいたい南極なんて行けませんよ」

「行ってみせますよ、私は」とヒサコさんは大きな声で言った。「私はあなたたなんかよりも広い世界を見てきたんですからね。いざとなれば南極でもなんでも行けますよ」

　若先生は肩をすくめて黙ってしまった。

　歯の治療が終わったあと、ぼくはヒサコさんのところへ遊びに行った。ヒサコさんは若先生と言い合いをしたからむっつりしていたけれども、ぼくがハセガワ君の話をすると元気になってきた。ヒサコさんはハセガワ君をなんとなく好きらしいのだ。

「ハセガワ君から手紙をあずかったんです」とぼくは言った。

「それは良かったこと。お仕事ができたわけね」

「でもそれがたいへんむずかしい手紙なんです」

ヒサコさんから郵便カバンをもらったあと、ぼくは手紙を配達したいと思って、お菓子屋のお姉さんや散髪屋のお兄さんにも言った。でも配達できる手紙はそんなに多くなかった。学校でもクラスの子たちにぼくが郵便局を始めたことを言ってみたけれど、手紙を書きたいという人はいなかった。せっかくアオヤマ郵便局を開設しても、使ってくれる人がいないのだ。

そうしてぼくが残念に思っていると、一人だけ手紙を持ってきてくれた人がいた。それがハセガワ君だった。彼はいつもみたいにひとりぼっちで歩いてくると、ぼくの机にノートを切って作った手紙を一通置いて、「よろしく」と言った。

それがとても奇妙な手紙だった。ぼくが見たこともない○や□や↓の記号が組み合わされた文字で宛名《あてな》が書かれていて、どこに届ければいいのかもわからない。しばらくなやんだあと、ぼくはハセガワ君のところに行って話しかけた。

「これはぼくには読むことができない文字で書いてあるね」とぼくは言った。

ハセガワ君は冷たい目でぼくの顔をじっと見た。「それは宇宙語で書いたんだ」と言った。

「宇宙語?」

「そう。それは火星にあてた手紙だから」

「ぼくは郵便局を始めたけど、火星までは届けられないんだ。火星は遠い」

「いいよ、無理ならそれでも」

ハセガワ君はそう言ってそっぽを向いてしまった。

さすがのぼくも火星へ手紙を届けることはできない。もしハセガワ君が本当に宇宙人であるならば、きっとぼくよりも火星への行き方にはくわしいだろう。でもそんなことを指摘するのはやめておいた。それ以来、ハセガワ君が宇宙語で書いた手紙はぼくの郵便カバンの中に入っていた。ぼくは火星に手紙を送る方法についていろいろなことを考えていた。

ぼくはこれらのことをヒサコさんに説明した。

ヒサコさんは「おやまあ」とあきれた顔をして首をふった。「火星に手紙を送るなんて、ずいぶん無茶なことを言う子ね。さすがのあなたも困ったでしょう」

「ぼくは困っているわけではありません。方法を考えているだけです」

「きっとあなたを困らせたいのだろうね、そのハセガワ君という人は」

「どうしてですか?」

「困っているところを見せない人間がいたら、なんとかして困らせてやりたいと思うのが人間だからね。なぜそんなふうに思うのかって聞かれても私は知りませんよ。でも現実に人間というのはそういうものだわ。本当にいやなことね」

「ハセガワ君はそんな人かなあ」

「ひねくれ者なんです。私と同じですよ。あなただって大人になれば、そういう人間になるよ。そういうつまらない人間にね」

「ぼくはそういう大人にはなりません」

「タイムマシンでもあれば証明してやれるけれどね。そうだわ、タイムマシンがあればねえ。もしあなたがちゃんとした大人になっていたら、南極に連れていってもらうことにしましょう」

「ヒサコさんは南極に行きたいんですか？」

「今まで一度も行ったことがないし、ペンギンたちがいるからね」

「南極もいいな。でも、ぼくは宇宙に行きたいです」

「私は宇宙になんて行きたくないわね」

ヒサコさんは紅茶を飲んで、窓から外を眺めた。太陽の光がぎらぎら池を照らしていた。公園の森の緑がブロッコリーみたいにもこもこして見えた。

「とにかくタイムマシンで未来にでも行かないことにはどうしようもない」

ヒサコさんはそんなことを言った。「もう私はおばあさんですから」

○

数日後、ぼくは郵便カバンと帽子をなくしてしまった。

これにはどうしてもやむを得ない事情があった。

学校から帰ったあと、ぼくは郵便カバンを持って図書館へ出かけた。宇宙へメッセージを送る方法について調べてみようと思ったのだ。ところが途中でぽつぽつと雨が降りだして、遠くの方でごろごろという音が聞こえ始めた。雷はたいへん危険な現象である。ぼくは雷が近づいてくると、その危険性が気になって、他のことが考えられなくなってしまうのだ。

だからぼくは急いで家に引き返したのだけれど、家に到着してみると、郵便カバンと帽子がなくなっていた。雷に気をとられすぎて、落としたことに気づかなかったのだ。雨が止んで雷の危険性もなくなってから、ぼくはさがして歩いてみたけれど、郵便カバンと帽子は見つからなかった。

カバンの中にはハセガワ君からあずかった火星に送るべき手紙が入っている。

ぼくは今度こそ本当に困ってしまった。

これはアオヤマ郵便局の局員として、ちゃんと責任を果たせなかったということだ。もしぼくが送った手紙を郵便局の人がなくしてしまったら、ぼくもかなしい思いをするにちがいない。

どうしても見つからなかったので、ぼくはハセガワ君にあやまることにした。

ハセガワ君の家は小さな緑の丘のふもとにある。

ぼくが訪ねていくと、彼はぼくの顔を見てびっくりしたようだった。「何の用?」と彼が言うので、ぼくは彼からあずかった手紙をなくしてしまったことを説明した。

「べつにどうでもいいよ、あんなの」とハセガワ君は言った。

「どうでもいいことはないと思う。なぜならぼくは郵便物として君の手紙をあずかったから。それをなくしてしまうのは郵便局員として失格なんだ。だからあやまらないと」

「でもアオヤマ君は本物の郵便局じゃないだろ?」

「たしかにそれはそう」

「それに、火星なんてどうせ届けられないもん。ぼくは君を困らせてやろうって思っただけ」

「それではあの手紙の宇宙語はデタラメなの?」

「……デタラメでもないけど」

ハセガワ君はつぶやいた。「でも、もういいよ。なくしたんだろ？　それに、どうせ火星になんて送れないよ」

「今はぼくが君からあずかった手紙をなくしてしまったということが問題なんだ。だからぼくはその失敗について君にあやまる。そして手紙をさがす。どうやって火星に送るかというのは、ぼくが手紙をちゃんと取り戻してからの問題だから、今はとりあえず考えないことにするよ」

ぼくがそんなことを言うと、ハセガワ君はしばらくポカンとしてぼくの顔を見ていた。

「わかったよ。わかった」

彼はそうつぶやいて玄関のドアを閉めた。

○

郵便カバンを見つけられないでいるうちに、ぼくあてに一通の手紙が届いた。

ヒサコさんからだった。

以下にその手紙を書き写しておくことにする。

アオヤマ君へ
拝啓。

ご機嫌いかがでしょうか。ヒサコです。

わたくしは今、南極におります。あなたが大人になるまで待つわけにはいきませんでしたので、先に出発することにしたのです。

ここはまるで世界の果てのような景色が広がっています。ここにはペンギンたちもたくさん暮らしております。そして南極にも赤いポストがあります。わたくしはそのポストを見て、小さな郵便屋さんだったあなたのことを思い出し、こうして手紙を書くことにいたしました。

最後に会ったとき、わたくしとあなたは宇宙人のハセガワ君について話をしていました。わたくしはハセガワ君のような子どもでしたから、宇宙人仲間として彼のことがよくわかります。わたくしは宇宙人であることによって、ずいぶんさみしい思いもし、また人にさみしい思いをさせてきました。もっとちゃんとわかり良い手紙を書けば良いのに下手な手紙を書いて、相手を遠ざけてしまうことがたびたびありました。わたくしにとってはそれはもう終わってしまったことですが、ハセガワ君にとってはちがいます。だからわたくしは、もっとあなた方おふたりが仲良くできることを望みます。

あなたのお話を聞いて、わたくしは火星に手紙を送る方法を考えました。かしこいあなたが、なぜその方法に気づかないのか、わたくしにはわかりません。人間をタイムマシンに乗せて未来へ送ることはできませんが、手紙ならば未来に送ることができるではありませんか。あなたが火星へ手紙を送る方法はこれしかないとわたくしは思います。いかがでしょうか。

そこで一つお願いがあります。

ハセガワ君の手紙をタイムマシンにのせるとき、わたくしのこの手紙もいっしょにのせていただけるでしょうか。そうすればわたくしの手紙は時間を超えて、未来のあなたのところへ届くでしょう。大人になったあなたがその手紙を読み返し、わたくしのことを思い出してくれるならば幸いに思います。

とても愉快な時間をありがとうございました。

わたくしはこの先も南極にとどまるでしょう。なにしろわたくしは宇宙人ですから、このひんやりした場所が合っているのかもしれません。ペンギンもおりますしね。

かしこ。

南極にて　大森久子

○

ぼくはヒサコさんからの手紙を受け取ったあと、歯科医院のあるビルへ出かけた。その日は歯科医院に寄るよりも前に、ヒサコさんの部屋へ行ってみた。ぼくはドアをこつこつ叩《たた》いて、インターホンを鳴らしてみたけれど、返事はなかった。部屋の中からは何の物音もしない。

廊下でドアをぼんやり見ていたら、ぼくの頭に南極の風景が浮かんだ。ヒサコさんの部屋の壁にあったペンギンたちの写真だ。ぼくはその風景の中にヒサコさんが歩いていくところを想像した。ヒサコさんの歩いていく先には氷の地面が続いていて、そこに小さな赤いポストがある。ヒサコさんの手紙はそのポストからぼくのところへやってきたのだ。そんなふうに想像した。

でも事実はそうではないということをぼくはきちんとわかっていた。

ぼくが歯科医院に行くと、若先生が「やあ」と言った。若先生は治療の間はあまりしゃべらなかった。ぼくもしゃべらなかった。その日の歯科医院を、ぼくはいつもよりもずっと静かに感じた。

治療が終わったあと、ぼくが待合室で座っていると、若先生が出てきた。

先生はぼくのとなりに腰掛けて、しばらくだまっていた。

「ヒサコさんのお手紙を送ってくれたのは先生ですか？」

ぼくは聞いてみた。

先生は「うん」とうなずいた。「ヒサコさんに頼まれていたから。何かあったら送る約束でね。冗談半分で聞いてたら、本当になっちゃった。なにしろ急なことだった」

「ぼくはヒサコさんからもらった郵便カバンをなくしてしまいました」

「そうか」

「本当はヒサコさんにあやまらなくてはいけなかったんです」

「……でも、その郵便カバンだって、急にどこかから出てくるかもしれないだろ？」

「そうかもしれない」

「そういえば昨日の夜にテレビで南極のことをやっていたんだ。アオヤマ君、見たかい？」

「ぼくは夜はすぐ眠くなってしまうからだめなのです」

「そうか。南極のペンギンたちを見たらヒサコさんのことを考えてしまった。そっくりなやつがいてね。これがまたツンとしてこわそうなやつなんだよ」

「非科学的ですけど、それはヒサコさんだったのかもしれない」

「そうかもしれないな」

若先生は言った。

○

ぼくは歯科医院を出て、バスに乗って帰った。

停留所でバスを降りたぼくは、草がのびた空き地のとなりを歩いていった。夕陽が照って住宅街を橙色《だいだいいろ》に染めていて、黄金色の草がなびく空き地はサバンナのようだった。

そのときうしろからバイクの近づいてくる音が聞こえた。「おうい」と声がするのでぼくが顔を上げると、郵便局員のお兄さんがバイクにまたがっていた。いつの日かぼくに「おつかれさま」と言ってくれたお兄さんである。ぼくが「こんにちは」と言うと、お兄さんはヘルメットの下で笑って「こんにちは」と言った。

「君、最近カバンを落とさなかった？」と彼は言った。

ぼくはハッとして「落としました」と言った。

お兄さんはにこにこ笑った。

「やっぱりそうか。郵便マークがついてるから、拾った人が郵便局に届けてくれたんだ。君のものだというのはわかったんだが、どこに住んでるかわからなくて、ずっとさがしていて……」

そうしてお兄さんはバイクの後ろから、ぼくの郵便カバンと帽子を取り出した。

○

日曜日の朝、ぼくは郵便カバンを持って出かけた。

太陽がぎらぎらと照って、住宅地の上に見えている空が、まるで海辺の街の空のように感じられた。でもぼくらの街は海から遠いので、これはあくまでぼくの印象である。

ハセガワ君の家についてインターホンを押すと、彼が出てきた。

「何か用?」

「手紙が見つかったんだ」

ぼくが言っても、彼はとくにうれしそうではなかった。「ふうん」と言った。

「手紙が無事にもどったからには、ぼくは君からあずかった手紙を火星へ届けなければならない。でも、今のぼくの技術では火星に行くことはできないんだ」

「そんなのわかってるって」

「でも行けないのは今だけのことだ」

ぼくが言うと、ハセガワ君は少し話を聞いてくれる雰囲気になった。「今だけってどういうこと？」

「未来には、ぼくらはきっと火星にも郵便を届けることができるようになる。だから今、ぼくが火星に手紙を送るためにできることは、未来の自分に向かって君の手紙を転送することだ。そうすれば未来のぼくが受け取って、火星に送ってくれる。必ず手紙は火星に届くよ」

「つまりタイムカプセルにするってこと？」

「その通りだ」

ぼくが自分の理論をしゃべると、ハセガワ君はあきれた顔で「ばかだなあ」と言った。そして間を空けてからもう一度「ばかだなあ」と繰り返したとき、彼は笑っていた。

「どこに埋めるつもり？」と彼は言った。

「どこか良い場所を知ってる？」

「ぼくんちの裏の森はどうだろう」

「いいね」

そしてぼくらはタイムカプセルを埋めに出かけた。

ハセガワ君の家の裏手は小さな丘になっていて、木々の緑の葉が生い茂っていた。木立の下に入ると空気がひんやりとした。足もとはふかふかしている。見上げると、葉っぱで作られた天井が木漏れ日できらきらと光り、蟬の声が波打つように聞こえた。

朝の森の匂いがした。

「このあたりでいいだろ？」とハセガワ君が言った。

ぼくは郵便カバンからスコップを取り出して地面を掘った。

「手伝うよ」とハセガワ君が言ったので、途中で彼にスコップを交代してもらい、ぼくはタイムカプセルの準備にとりかかった。カプセルの外側は、クッキーの詰め合わせが入っていた四角い缶である。二通の手紙を、母が食べ物の保存に使っているビニルケースに入れ、それをさらに防水シートでくるんでから、クッキーの缶に入れる。二通の手紙のうち、一通はハセガワ君の書いた宇宙語の手紙で、もう一通はヒサコさんからぼくに送られてきた手紙である。

ぼくが缶に手紙をおさめて穴の底におくと、ハセガワ君が缶を指さして言った。

「ぼくの手紙と……もう一つは何？」

「これは南極に行った人からの手紙だ。ぼくは大人になったらこの手紙を読まなくてはならないから、いっしょに埋めることにした」

「ふうん」

「ハセガワ君はどうやって宇宙語の手紙を書いたの？」

「教えてあげてもいいけど」

ハセガワ君はタイムカプセルを見つめながらつぶやいた。「どうしようかな」

そしてぼくはタイムカプセルを埋めながら、ハセガワ君がどのようにして宇宙語の手紙を書いたのかということを聞いた。ハセガワ君は独自の研究の結果、その手紙を書いたのだ。タイムカプセルを埋め終わる頃、ぼくはすっかり感心していた。

そうしてぼくらは未来と火星へ手紙を送り、友だちになった。

フィルムの外

大島真寿美

大島真寿美（おおしま ますみ）
1962年愛知県生まれ。92年、『春の手品師』で文學界新人賞を受賞。主な著書に『水の繭』『かなしみの場所』『ほどけるとける』『虹色天気雨』『やがて目覚めない朝が来る』『三人姉妹』『戦友の恋』『ビターシュガー』『ピエタ』『それでも彼女は歩きつづける』『ゼラニウムの庭』『三月』『ワンナイト』など。

ぼくは思い出していた。

いや、思い出そうとしたわけじゃない。

ただふいに。

その夏——。

一

ざわついた空気というのは、どうやって伝わるのだろう。音だろうか。それとも空気の振動だろうか。

だから由奈《ゆうな》は、その日の朝（というか限りなく昼に近い時刻）、誰に教えられるでもなく、自室のベッドから抜けだすと、すぐに窓の外の下の通りを眺めたのだった。

カーテンを開けると夏の日差しがいきなりきつい。

起き抜けなので頭がくらくらし、サッシの窓にぺたりと手をついた。

エアコンの効きがいまいちで、肌はうっすら汗で湿っている。

下の通りにはトラックや車が停まり、ずいぶんたくさんの人が蠢《うごめ》いていた。

なんだろ、あれ？　もしかして引っ越し？

しかし……と、ぼんやり由奈は思う。

あそこはたしか、大家さんが海外にいて、条件が厳しいせいかなかなか借りる人がいなかったはずだ。由奈が小学校高学年の頃まで住んでいたのは、その大家さんの一家で、彼らが渡航して以降、誰も借り手がなく、不動産屋さん（たぶん）がたまに風を通しにきたり、庭師さん（たぶん）が雑草や庭木の手入れに来るのを、ちらっと見かけるくらいだった。

趣のあるややレトロな洋館風の、なかなか感じのいい家で、由奈の家よりあきらかに広く、大きい。

道に沿って南にゆるやかに張りだした庭も住人不在のため適度に荒れていて、それがかえって心地良い、と由奈は感じている。だが残念ながら、しっかりした黒い格子状の柵《さく》（ところどころ蔓薔薇《つるばら》のからまる、これがまた美しい柵なのだ）があるから勝手に中へ入り込むことは出来ない。もし、あれがなければ自分の縄張りにしてあそこで猫のように昼寝をするのに、と由奈はひそかに夢見ていた。学校をさぼりたい時、決まって思い浮かべるのはあの庭だった。

長らく空き家だった住宅に大きな家具や荷物が運びこまれているのが見えているのだから引っ越しに間違いはなさそうだ。

ついにあの家に借り手が現れてしまったのか。

と思いかけ、でもなにか引っかかる、と由奈は首を傾げた。

なんだろう？

いわゆる引っ越し専門業者のトラックではないからだろうか？　それとも人数が多いからか？　男女が入り乱れているから？　彼らの恰好《かっこう》も業者のそれではない。皆、いたってラフだ。

ああしろ、こうしろ、ああでもないこうでもないとあちらこちらから指示の声が飛び交い、冗談を言い合い、楽しそうに立ち働いているのは、窓に遮られていても、なんとなくわかる。

誰が住むんだろう？

あの人たちは、あそこへ住む人の友だちかなにかだろうか？　それで手伝いに来ているのだろうか？

若い人ばかりでもなさそうだが、どこかしら似たところのある人たちで、皆揃って、ちょっとくだけた感じの、というか崩れた感じの、変わった印象がある。なんだろう、あの人たちは。

まさかみんなで住むってことはないよね？

近頃流行《はや》りのシェアハウスってやつ？　だとしたらいったい何人で住むつもり？

しばらく眺めていても解答は見えてこず、そのうち飽きてもきたので由奈は窓から離れ、階下に下りた。

高校二年の夏休みがこれほど暇になるとは思わなかった、と由奈は一人、キッチンで立ったまま、トーストを齧《かじ》り、牛乳を飲む。

部活は一年の終わりにやめてしまった。

走るのが好き、というただそれだけの理由で深く考えず入部したため、インターハイだの地区大会だの、試合を目指して黙々と練習する他の部員とのテンションの差についていけなくなってしまったのだった。というくらい、我が校は強豪校だったというのも由奈はよく知らないで入部していた。そもそも実力がまるで追いついていない。追いついていないくせに、よくもまあ、一年間も部員でいつづけられたものだとむしろ、そっちに（我ながら）感心する。とっととやめるべきであった。

二年になって、心機一転、美術部に入部してみた。

何人か知ってる子がいたし。和気藹々《あいあい》、楽しそうな部に思えたたし。

ところが、いざ入ってみると、そう楽しくはなかったのだった。途中入部というのはやはり、難易度が高い。拒絶されているわけではないものの、この子をどう扱ったらいいのかしら、という戸惑いが同学年の部員たちに感じられた。なにしろ一年間の共通体験がない。共通言語がない。思い出がない。といって新入生ともちがう。いったいぜんたいどうしてこの子、いまさらうちの部に入ってきたのかしら？　という冷たい目で見られていると（被害妄想的に）感じてしまう。部活以外で知ってる子も、部活で会うと、どういう距離で接したらいいのかわからなくて困っている様子。気を遣ってくれればくれるほど、いたたまれない気持ちになる。そのうちに二年生だけでなく、一年生の後輩たちも、この人を先輩と思っていいの？　いけないの？　と迷いだす。なにを訊《き》かれても、ろくに答えられない由奈だから。

言うまでもないことだが、陸上部の時と同様、由奈に絵の実力はない。

それに、走ることとちがって絵を描くことが好きかどうかもあやしい。

しばらくして退部した。

梅雨の最中《さなか》だった。

遅かれ早かれ、力尽きてやめていたとは思うが、直接の原因は、失恋したからだった。部活とはまるで無関係の理由というのも、また、これはこれで情けない（自己嫌悪……）が致し方ない。失恋で一気にやる気を失ってしまったのだ。なにもかも。

由奈は、一年の時のクラスメイト、早瀬《はやせ》が好きだった。

けれども早瀬は、同じく一年の時のクラスメイトだった芝野《しばの》槙《まき》と付き合いだしてしまったのである。

え、嘘。芝野？　芝野槙？　なんで？

心底驚いた。

とんびに油揚げをさらわれるってこういうことなのか。

よりにもよって芝野槙がとんびだったなんて……。

芝野槙は、とてつもなくぼんやりした女子だった。帰国子女だそうだが、帰国子女らしさなどまったくなく、とにかく暗い。協調性がないのか、引っ込み思案なのか、友だちもほとんどいない。一年間同じ教室にいたがまともに話したことは一度もなかった。お弁当も一人で食べているか、食べないままどこかへ行ってしまうか。といって寂しそうでもない。群れるのを良しとしない強い信念でもあるのだろうか、としばらく眺めていたが、どうやらそうでもなさそうだった。彼女はただひたすら地味なだけ。潑剌《はつらつ》さは微塵《みじん》もなく、お洒落《しゃれ》でもなく、スタイルがいいわけでもない。チワワに似た顔立ちで、成績もぱっとしないし、部活もしていない。

そんな、モテ要素一切無しの芝野槙を早瀬がなんで。

夏休み早々に開かれた夏期講習で二人の姿を見るとむしゃくしゃした。べつにいちゃいちゃしたりべたべたしたりしているのを見たわけではないが、ただいっしょにいるところを見るだけでじゅうぶんに打ちひしがれる。

どうしてこんなことに……。

悶々《もんもん》とした気持ちで由奈は夏休みを送っていた。悶々としているから、外に出掛けていく気力も湧かない。遊びに誘われても、断ってしまう。夏期講習も終わり、部活もないのだからいくらでも楽しめるはずが、楽しみたいとはまったく思えない。なにをやってもつまらない。失恋のせいと思いたくはないが、やはり失恋のせいにちがいない。

早く吹っ切りたい。

望んでいるのはそれだけだった。

向かいの家の周囲はまだざわついていた。キッチンの窓を開けると、なまぬるい風とともに、人々の笑い声や、はしゃぎ声が聞こえてくる。

あんなに騒がしい人たちが、あの家に住むのかと思うとげんなりした。まるでお祭り騒ぎじゃないか。

なんでこんなに落ち込んでいる時に、ああも賑《にぎ》やかな人々が目の前に現れるんだ、鬱陶《うっとう》しい、と由奈はひとり憤る。

その家を丸ごと使って映画が撮影されると知ったのは、その日の午後だった。

菓子折を持って挨拶《あいさつ》に来た男の人にそれを聞かされた。

「映画？　映画って、あの、映画館で観る映画のことですか？」

「そうです。その映画です」

彼の説明によると、向かいの家は、映画を撮るために、ひと月半の予定で彼らに借り上げられたのだそうだ。

ここで撮る日もあれば、よそで撮る日もある。ここで撮るのは室内が多いが、外の通りや玄関周りで撮る場合もある。その時だけは、交通規制をするし、少し騒がしくなると思うのでよろしくお願いします。彼は丁寧な口調でそう言い、頭を下げた。

ああそうですか、はい、わかりました、と菓子折を受け取り、キッチンに戻ると、さっそく包み紙をびりびり破いて食べた。映画なんてなんの興味もない、と思いつつ。

ところが由奈はそれ以降、向かいの家が気になるようになってしまったのだった。

ついちらちらと窓の外を眺めてしまう。

べつに何が見たいというわけでもないが、なにしろ暇だったから、二階の自室から、向かいの家を観察しつづけた。

普通の家とはちがう、非日常的空気に惹《ひ》かれたのかもしれない。

と言ったって、べつにそう面白いものが見えていたわけではない。男の人が言ったように、映画を撮っているといっても、いつもここで撮っているのではなさそうだった。

あ、今日は撮っているな、とわかるのは、出入りする人の数がぐっと増える時。そうでない日は至って静かなものである。

共働きなので、由奈の父も母も、在宅時間が短く、向かいの家での映画の撮影にはとくに関心がない様子。こういう時、きょうだいがいれば、いっしょにわいわい楽しめるが、残念ながら由奈は一人っ子だし、あれはなんだろう？　と疑問に思っても訊《たず》ねる相手がいない。かといってむやみに友だちを巻き込むのも億劫《おっくう》だった。

いったいどういう映画なんだろう？

誰か知っている人は出ているのだろうか？

眺めていてもそれはわからなかった。

そのうちに、不思議なことに気づいた。

あの家には、小学生くらいの男の子が住んでいるのではないか。撮影のない日に、玄関から女の人と出掛けていくのを見たし、由奈のお気に入りのあの庭で遊んでいるのを何度か見た。

子役だろうか？　と思ったが、子役だけがここに置き去りにされているとは考えにくい。

いったいあの少年は何者だろう？

彼はここで何をしているのだろう？

由奈の興味はじわりじわりと高まっていった。

二

そうしてぼくは由奈と出会った。

そう、ぼくはあの夏、あの家に住んでいたのである。

映画のために借り上げられたあの家に。

映画監督の母と、プロデューサーの父がいっしょに一本の映画を作ることになり、ぼくは彼らに連れられ、この町にやってきた。そうして、否も諾《お》もなくあの家に住むこととなったのだった。それがいちばん手っ取り早く、合理的だったゆえ。

撮影期間中は映画にかかりきりになるであろう両親の代わりに、ぼくの世話係として母親の友だちの嵯峨《さが》ちゃんがいっしょに来ていた。由奈はまず嵯峨ちゃんと知り合い、じきにぼくとも仲良くなった。

ある日、いきなり、ぼくの前に現れた由奈。

嵯峨ちゃんは、柵《さく》の向こうからこっそりこの家をのぞいていた由奈をめざとく見つけると、天性の気さくさであっという間に彼女と打ち解け、翌日にはまんまと家の中に引っ張り込んでしまったのである。

小学生の男の子の相手をするのに飽きつつあった嵯峨ちゃんの、ようするに餌食《えじき》になってしまったのだろう。

由奈は現れるやいなや、興味津々といった感じで家の中を眺めてまわった。映画のために設えた場所で普通に暮らしているぼくらのことが謎めいて見えたらしい。へえ、へえ、と言いながら、由奈は、軽やかな足取りですべての部屋をのぞいていく。電気はきてるの？　とーぜん。水道も？　あったりまえ。ガスも？　だからとーぜんだって！

「ここで寝てるの？」

「寝てるよ、ぼくらが寝てるのはここ！　ほら、この部屋！」

和室の押し入れを開け、布団まで見せていた。和室は撮影に使われないぼくらの居住区だった。

隣のリビングルームはいちばん重要な撮影区。

由奈はふかふかのソファにすわり、室内を眺め回した。

家具やインテリアは美術担当のスタッフによってすべて決められていたので、この家はさすがにセンスはいい。といってぴかぴかの新品ではない。たとえ新品のものでも適度に汚しがかけられていたから、モデルルーム的な素っ気なさはない。まるでここで長く暮らしているかのような、なかなか居心地の良い感じの家になっていた。

しかしながら、それは映画に使う部分だけ。

必要ない部屋は容赦なく埃《ほこり》だらけで、むちゃくちゃだった。がらんどうのまま、機材の倉庫として使われている部屋もあったし、美術さんたちの道具置き場（兼手直し用の作業場）になっている部屋もあった。

由奈は当然、裏表のある、というか裏表の極端に激しい、この家の胡散《うさん》臭さに気づいた。

「こういうところに暮らすってどうなの？」

と由奈は小さな声でぼくに訊《き》いた。「落ち着かなくない？」

ぼくは、大いにうなずいたものだ。

落ち着かないに決まっているではないか。だって、ここはそもそも、ぼくの家ではない。といって旅先の旅館でもない。ついでに言うなら現実に生きている誰かの家でもない。じゃあ、誰の家なんだ、といえば、映画の中の人（架空の人物）の家だ。壁にはいつのものだかよくわからないカレンダー（未来？　それとも過去？）が当たり前のようにかかり（うっかりそれで曜日を確かめたりすると頭が混乱した）、誰の趣味だかわからないような絵がかかり、家族写真があり、チェストの上には映画の中で死んでしまったらしい犬の写真が飾ってあったりもした。

カメラの位置を優先するあまり動線は無視され、へんな場所にへんなものが置いてあったし、窓が壊されたり、扉がはずされたままの部屋もあった。そんな場所でくつろげるわけがない。

自宅から持ってきた荷物はがらんどうの空き部屋に段ボール箱に詰めたまま置いてあって、必要なものをいちいち取りに行かなければならないのも面倒だった。探せば見つかると決まっているわけでもない。読みたい漫画やお気に入りのおもちゃをすべて持って来たわけではなかったから。

ぼくは非常に強いストレスを抱えていたのだと思う。

当時はあまり自覚していなかったけれど。

けれどもしかし、とにかくぼくはがんばっていたのである。ぼくはぼくなりに。

両親に迷惑をかけないように。

映画の邪魔をしないように。

撮影のある日だけではない。撮影のない普段の時だって、足手まといにならないように気を張って暮らしていた。たまに迷惑をかけたとしても、それは不本意ながらであった、とここで声を大にして言っておきたい。

ぼくはとにかくその夏、ずっとがんばらねばならなかったのだ。そんな小学生の気持ちを誰がわかってくれただろう。理性ではそれなりにわかってくれていても、ぼくの真のがんばりまでは、なかなかわかってもらえなかった。なんせ、みんな映画の方が大事だったから。

ぼくは所詮《しょせん》役に立たない小学生で、どれだけがんばったって無力な邪魔者に過ぎないという現実を絶えず突きつけられていた。ちょっとでもわがままを言おうものなら、容赦ない舌打ちが聞こえたんだから、それは勘違いなどではない。

両親はきっとぼくのがんばりをわかってくれていたと思う。陰ながら評価してくれていたと思う。けれども、彼らは、この現場において、父や母である前に、監督でありプロデューサーだった。ぼくのことだけにかまけていられなかった。ぼくを優先するわけにはいかなかったし、ぼくの不自由さには目を瞑《つぶ》らざるを得なかった。

まったくもって、過酷な夏休みだったのである。

「たいへんだね」

と由奈は小声で言った。「こりゃあ、疲れるわ」

ぼくはうなずいた。

一瞬、うれしくて涙が出そうになってしまった。そうなんだよ、そう。ぼくは疲れていたんだよ。

「すっごい疲れるよ」

ぼくは小さな声で由奈にだけ聞こえるように注意してつぶやいた。

嵯峨ちゃんにそんな弱音は吐けなかった。嵯峨ちゃんはぼくのために一生懸命やってくれている。ぼくが弱音を吐けば、嵯峨ちゃんを追い込むことになる。ぼくはそれをよく理解していた。

由奈はそのあたりのぼくの気持ちにもなんとなく気づいていたのだろう。だからこそ、ぼくに小声でこっそり訊いてくれたんだと思う。

やっぱり年齢が近かったからだろうか（高校生といえども子供は子供だし）。三十代の嵯峨ちゃんにはわからないであろう小学生のぼくの本音が由奈にはすんなり届いていた。

その日、ぼくたちは三人で、嵯峨ちゃんの作ってくれたバターたっぷり、はちみつたっぷりのホットケーキを食べた。

食べながら嵯峨ちゃんは由奈にいろいろな質問をし、由奈はそれに生真面目に答えつづけた。どうして由奈がこれほど暇そうな夏休みを送っているのか、なぜこの家をこっそりのぞいていたのか、事細かな事情は、嵯峨ちゃんがごく自然に重ねた質問のおかげで次第に明らかになっていった。

あたしああいう感じの大人の人ってあんまり会ったことがなくて、免疫がないものだから、うかうかみんなしゃべっちゃったんだよね、かっこわる〜、嵯峨ちゃんって油断させる人だよね、とのちのち由奈はぼくに言ったものだ。

嵯峨ちゃんもまた、リアル女子高生って新鮮だからいろいろ訊いちゃったよ、と笑っていたのをぼくはよくおぼえている。

「いいなあ、失恋。ああいうかわいい失恋って、ほんとにあの時期だけしか味わえないものだよね」

嵯峨ちゃんの楽しげなコメントにぼくはちょっと鼻白んだものだけど（だって由奈は悲しそうに、辛《つら》そうにそれを話したのだから）、嵯峨ちゃんは嵯峨ちゃんで、その少し前に夫の浮気が原因で離婚したばかりの傷心状態だったとぼくは後日知った。

あの子、あの離婚ですっかり落ち込んじゃってたし、引きこもってたし、気分転換になればと誘ったのよ、と母がしゃべっているのをたまたま聞いたのだったが、嵯峨ちゃんはそれをぼくに悟られるようなことをあの家ではいっさい口にしていなかった。ぼくはそれを知った時たいそう驚いたものである。

三

由奈はその日をきっかけに、ちょくちょく遊びにくるようになった。

いっしょにごはんを食べたり、宿題を手伝ってもらったり、時には庭の木陰で蚊取り線香を焚《た》いて、のんびり昼寝をしたりした（由奈の長年の夢がついに実現したわけだ)。

トランプやボードゲームをしたこともあったし、嵯峨ちゃんに教えてもらいながら、いろんな形のクッキーを焼いてみんなへ差し入れたこともあった。

撮影のある日は無理だったが、家での撮影はそう頻繁に行われなかったから、由奈とぼくと嵯峨ちゃんはほとんど毎日いっしょにいたような気がする。

いや、それは記憶のすり替えで、毎日ということはさすがになかったのだが、気持ち的には、そんな感じだった。

由奈といる時間があの夏のぼくには安らぎだったからそんなふうに感じてしまうのだろうか。

父はプロデューサーとしての仕事があったのでスタッフの宿舎で寝泊まりしていて、ぼくとはほとんど会えなかった。母も、撮影が終わればここに戻ってくることになってはいたものの、打ち合わせが長引いたまま帰って来られないこともしばしばあって、帰ってきたとしても真夜中だったり、真夜中を過ぎていたり、しかも早朝出掛けていったりと、なにしろハードワークだったから、顔を合わせても、ゆっくり話は出来なかった。彼女はくたくたに疲れ切っていたし。

由奈のことは嵯峨ちゃんが伝えていたと思うけれど、父や母から何か言われた記憶はない。

由奈は、朝、すっかり日も昇った、だいたい九時頃（家での撮影がなさそうだと見極めてから）、Tシャツに短パン、もしくはジーンズに、サンダルを突っかけて、気楽な恰好《かっこう》でふらりとやって来る。

嵯峨ちゃんはその頃、晴れていれば大量の洗濯物と格闘中（嵯峨ちゃんは撮影隊の洗濯係でもあった）。

由奈は気が向けば、それを手伝い、気が向かなければ、知らん顔をしてぼくのところへ来る。

ぼくが漫画を読んでたりすると、なによんでんの？　と覗《のぞ》き込む。

宿題をしていれば、これまちがってるよ、と口を挟む。

ぼくはそれが楽しい。

なにしろ、友だちと離れて、嵯峨ちゃん（三十代の嵯峨ちゃんは、いくら若々しい人だったといえ、ぼくにとってはおばちゃんだ）とぽつねんと過ごしている侘《わび》しい夏休みだ。多少なりとも年の近い由奈が現れるとぼくはわくわくした。

それにしても、失恋して落ち込んでいる時期だからって、よくもまあ、ああもしょっちゅう小学生の男の子のもとへやって来たものだと思う。

やっぱり由奈はちょっと子供っぽい女子高生だったんだろう。

だからぼくといっしょに平気で遊べたのだ。

まるで姉弟《きょうだい》のような顔つきで。

「ねえねえ、なんかさあ、この家にいると、なにをやってても、どこかちょっとお芝居しているような気になるんだけど、そんなことない？」

由奈にそう訊《き》かれたのはいつ頃だったろう？　もうかなり親密になっていた頃だった。

その時のぼくはよく意味がわからなかった。

今なら少しわかる。

ぼくもたぶんそうだった。

由奈はつづけた。

「あたしさあ、それってなんかちょっとラクだな、って思うんだけど、そんなことない？　なんでだろう？　ここへ来ると、なんか、へんなふうにラクなんだよね」

由奈は大きく腕を広げて、顔を空に向け、深呼吸した。

庭の木陰に風が吹き抜け、涼しい。

そこはぼくらのお気に入りの場所になっていた。

「ほ〜ら、やっぱ、気持ちいいじゃん？　う〜気持ちいい」

ぼくも深呼吸して、うなずいた。

この場所は、もともと気持ちいいんだよ、と思いながら。

由奈は、缶のコーラをひとくち飲み、ぼくに渡した。ぼくもひとくち飲み、由奈に返した。

「っていうかさ、あたしさー、そもそもどれがお芝居で、どれがお芝居じゃないっていうの、ほんとはよくわかんないのかもってずっと思ってたような気がすんだけど、そんなことない？　学校とかでもさ、あたしがあたしって人をやってるみたいなとこ、あるんだけど？　あれってなんだろう。あれもようするにお芝居なのかな。ねえ、そういうふうなの、きみはない？」

ぼくはただきょとんとしていた。

小学生男子にはあまりよくわからない内容だ。けれども、ぼくはわからないなりに、なにかすこしだけわかるような気もしていたのだった。由奈の真剣さが、ぼくに伝わったからだろうか。

「ある」

と、ぼくはやや曖昧《あいまい》なまま答えた。

「やっぱ、そう？」

「うん」

「やっぱそうか。小学生でもそうか。よかった。あたし、小学生くらいの時からそういうこと思ってたんだよね。やっぱみんなそうだよね」

由奈は賛同者を得てうれしそうだった。

「こういうのって、一生つづくのかな」

「一生？」

「つづかない？」

「さあ？」

「わかんないか。わかんないよね。あたしもわかんない」

由奈はべつに深く思い悩んでいたわけではなさそうだった。ただ直感的に感じたことを、ぼくにべらべらしゃべっていただけだった。無防備に。思いつくままに。まあ、ぼくたちは、なにしろたいへん暇でもあったし。ちょうどいい話し相手でもあったのだろう。利害関係もなく、撮影が終わればいなくなる、ひと夏だけの、年の離れた友だち。

あるいは、そんなふうに、普段言語化しないことをしゃべらされてしまうようなところが、あの家にはあったのかもしれない。

そう。

きっとそうだ。

由奈はきっと、あの家に刺激されて、しゃべらされてしまっていたのだ。

なぜって、あの家は作り物（映画のセット）だったから。

つまり、あの家は、虚構だった。虚構内存在になった時、ぼくらは思いがけない行動を取る。思いがけない言葉をしゃべりだす。そういうものなのだ、たぶん。

むろん、あの頃のぼくはそんなことわかっちゃいなかった。

けれども、今ならわかる。

まさにあれは芝居だった。

芝居をしているつもりなどなくとも、どこかしら芝居だったと思う。ぼくと由奈は、作り込まれたセットの中で、姉弟のような顔をして不思議な夏休みを送っていた。

そうして……と、ここが肝腎《かんじん》なのだが、ぼくらは、あらかじめ、それを嘘と承知していたがゆえ、逆に自由でもあったのだ。自由に振る舞えたのだ。

このあたりの感覚をわかってもらえるだろうか？

ぼくらは、あの家で、自分が自分であることから、少しばかり解放されていたのだと思う。

ぼくはぼくである必要はなく、由奈は由奈である必要はなかった。

由奈の感じていたラクさ、気持ちよさはそこから来ていたのではないかと思うのだがどうだろう？

付け加えるなら、嵯峨ちゃんもまたそうだったように思う。

離婚して深く傷ついていたらしい嵯峨ちゃんだが、ぼくたちといる時はたくましい母のようだった。

負った傷からある程度自由になっていたのではないだろうか。

完全に、とまでは言わないけれど、かなり。

洗濯物を抱えてよたよた歩きながら、あんたたち、少しは手伝ったらどう、と大きな声で文句を言う嵯峨ちゃん。あそんでばかりいないでちっとは勉強しなさいよ！　とぼくたちを叱りとばしている嵯峨ちゃん。彼女の保護者ぶりは堂に入っていた。あの時の嵯峨ちゃんは、バツイチの独身で、子供なんてまだ育てたことはなかったくせに（嵯峨ちゃんは後に二人の子供の母になった）。

断っておくがあれは疑似家族というものではない。

ぼくたちはそれを欲していたわけでもないし目指していたわけでもない。

どう言えばいいだろう。ぼくたちは、はなっから、偽物の疑似家族で、それゆえ、疑似家族をかるがる超えてしまっていたのだった。

だって、家がまるまる、セットなんだから。家族とかなんとか、ちゃんちゃらおかしい。

すべてが偽物。

あれはほんとうに特異な体験だった。へんてこな夏休みだった。

味わったことのない不思議さに満ち満ちていた。

不自由なこともいっぱいあった。

たとえば食器棚に美しいグラスが並んでいても使えなかった。使って壊したらいけないから。

「普通に暮らしていたら食器が割れることなんていくらでもあるじゃない。それなのにどうして壊したらいけないの?」

由奈が訊くと嵯峨ちゃんはすっぱり答えた。

「シーンが繋《つな》がらなくなると困るから」

流れる時間通りに、順番に撮っていくのならそうしたことが起きても矛盾しない。けれども、この映画はそうではなかった。つまり時間がばらばらだった。うっかりグラスを割ったとする。するとどうなるか。最悪、五分前になかったグラスが五分後に現れ、そのまた三分後に消えてしまうということも起きかねない。観客は混乱してしまう。

嵯峨ちゃんの説明に、なるほど、とぼくと由奈は納得した。

まあ、じつのところ、そこまで神経質になる必要はなかったと今は知っている。映画には記録係だっているのだし、美術スタッフはプロ中のプロ、ごまかしようはいくらだってある。

それでも嵯峨ちゃんは、ぼくらを牽制《けんせい》した。よけいな面倒を避けるために。

やっぱり徹底して子供扱いしていたんだろうな。

嵯峨ちゃんには、ものを壊すな、いじるな、汚すな、とつねづね注意されていた。

ここはセットなのよ、あんたたちの遊び場じゃないの！

とはいえ、慣れるにしたがい、気持ちは緩む。危うい事態がたびたび起こる。

嵯峨ちゃんの注意はいつしか脅しへと変わっていった。ちょっと！　いい加減にしなさいよ！　あんたたちのせいで映画がパアになっちゃったらどうすんの。何千万円ものお金がかかってんだからね、この映画には。映画がだめになっちゃったら、あんたたち弁償できるの?!　壊したものの弁償だけじゃ、すまないんだからね?!　映画全部の弁償なんだからね！　わかってんの?!　子供だからって許されないよ！

ひいいいい、と由奈と二人、震え上がったものだ。

寝転んでおやつを食べているリビングルームのカーペットにもいつしかビニールシートが敷かれるようになっていた。繋がったフィルムにうつったカーペットのシミが現れたり消えたりするわけにはいかないから。ようするに、過去を温存するためのビニールシートだ。

時間、時間、時間、時間。

ぼくたちはいつしか時間を意識するようになった。

流れる時間について。

ぼくたちのいるこの時間について。

どうしたって意識せざるを得なかった。

ぼくたちのいるこの時間と、映画の中を流れる時間。

似ているようで似ていない、この二つの時間。

フィルムが繋がれ、映画の中に時間が紡がれる。

ぼくたちはその外側にいる。

過去過去過去。

現在。

未来未来未来。

昨日が今日になり、今日が明日《あした》になる。さっきの後、今になる。

明日の後に昨日はこないし、今の後にさっきも来ない。

夏の風に吹かれながら、ぼくたちは流れる時間について考える。

感じる。

ほら、風のように時間はここを流れている（ぼくが思い出すのは、あの庭の木陰を駆け抜けていく涼しい風だ）。

そして、そう。あの家にいるぼくたちは、流れる時間の中で生きていながら、同時に、ばらばらに撮影される時間の中にもいたのだった。

なぜなら、あの家は映画のセットの中であり、フィルムの外だったから。

四

フィルムの中では、由奈と同じ年頃の少女が、ふてくされた顔で世界を彷徨《さまよ》ってい た。

彼女が感じている世界への戸惑いと、憂鬱《ゆううつ》が、スクリーンを通してじんじん伝わってくる。

少女は、少し年上の少年と、小さな旅に出る。少年のバイクに乗って。ヘルメットが二つ、道を進んでいく。

ぼくはあの少年にも少女にも会ったことがあった。あの家で。

撮影を眺めていたことがあったのだった。

その日の午後、不意打ちのように始まった撮影を、ぼくと由奈は、庭の木陰の、カメラに写り込まない場所から眺めていた。

それはどのシーンだったろう。

「ねえ、あの二人は恋人同士なのかな？」

由奈が訊《き》いた。

「さあ?」

そんなこと、ぼくは知らない。

「この映画は恋愛映画なの?」

「さあ?」

ぼくは首を傾げる。

「なによ、知らないの?」

「知らないよ」

「なんで知らないのよ。あんたんちのお父さんとお母さんが作ってる映画なんでしょ」

「そうだけど、知らないよ」

ぼくはそれがどんな映画なのか、じつはほとんど理解していなかった。

「だめだなー、コドモは。チチとハハにちゃんときいときなさいよ」

「うるせー」

小学生のぼくにとって、それが恋愛映画であろうがなかろうが、なんの興味もない。けれども女子高生(失恋直後)の由奈にとっては、それは興味のあるところだったようだ。

由奈が、映画のタイトルを口にした。

ぼくも口にした。

「これは恋愛映画っぽいタイトル？」

「んー？」

ぼくたちは同時にもう一度タイトルを言い、それから噴きだした。

そのタイトルからでは恋愛映画なのか、そうではないのか、判断がつかない。

「やっぱわからんね」

と由奈が言い、

「わからんよ」

とぼくも言った。「そんなのどっちでもいいじゃんか」

由奈は笑った。コドモめ、と言いながら。

少年と少女は近づき、けれども近づきすぎない距離で、なにかを確かめるみたいにおずおずと言葉を交わす。今にも壊れてしまいそうなものがそこにはあって、その危うさを生々しく感じたぼくたちは固唾《かたず》を吞《の》んで見守っている。さあ、どうなる？

しかしながら、カット、という声とともに、無情にもそのシーンはぷつんとおしまいになってしまう。あっけない終わり。気持ちを宙づりにされるぼくたち。

ところが、しばらくすると、またしても同じシーンが唐突にスタートするのだった。

さっきまであった、あの危うさが、魔法のようにまた、生々しく立ち現れる。ややや、とぼくたちは引きずられるように息を呑む。でもまたぷつんとそれは終わりになる。そしてまたスタート。

監督であるぼくの母のＯＫが出るまでそれは粛々と、延々と繰り返された。しつこくしつこく。

少年と少女は同じ時間に立ち止まり、距離は一向に縮まらない。

どこがどうちがっているのか、ぼくや由奈にはさっぱりわからない同じ時間の繰り返し。

ぼくたちは少し退屈し、そのくせ、目が離せなかった。

「あの二人はただの友だちなのかな？」

と由奈がつぶやいた。「でも、なんか、それだけでもなさそうだよね」

由奈はまだそれが恋愛映画なのかそうでないのかにこだわっていた。

「そんなの、どーでもいーだろー」

「いや、よくない。どっちだろう？　ねえ、どっちだと思う？　ただの友だち？　そうではない？」

「そんなの、ぜんぶ見なくちゃわかんないって」

とぼくは言った。

「そりゃそうだけどさ。でも今見られるのはあれだけじゃん」

「だからさー、あれっぽっちじゃわかんないんだってー」

「そうだけど！」

由奈はぷうっと頬を膨らませた。

「せめてもう少し先まで見たいのに、なんであそこばっかやってんの？　なにがいけないの？　さっきからちっとも進んでいかないじゃん」

「そういうものなんじゃないの」

「なにが」

「映画」

「そうなの？」

「そうなんじゃないの」

なんとなくぼくはそういうものだと理解していた。普段の両親の会話や、嵯峨ちゃんやスタッフの会話から、知らず知らずそう思わされていたのだろう。

「だけどさー、それにしたってさー、あんなに何度も何度も何度も何度も同じことやらされて、あの子、よく我慢できるよね。なんだかかわいそうになってくるよ。あたしならとっくにキレてる。みんなすごいよ。よくキレないでやってられるよ」

NGを出しつづける母が責められているようでぼくはほんの少し小さくなる。

ぼくの母は、当時から粘る監督としてけっこう有名だった。

とはいえ、それを目の当たりにしたのはあれが初めてだった。

母はいつもの母でありながら、いつもの顔をしていなかった。見たこともない強いまなざしでカメラの向こうを見据えている。

きっとぼくのことなんか、すっかり忘れてしまっている。

ぼくはすぐにそう直感した。

その時のぼくはおそらく、寂しさ、を感じたはずだ。

おそらくそうだったと思うのだが、でもなぜかぼくは、その気持ちを憶《おぼ》えていない。すっかり忘れてしまっている。それよりも、ぼくが強烈に記憶しているのは、その時の母が、いつもの母とちがっているのに、それでも紛れもなくぼくの母であるとつくづく実感したこと。あれがぼくの母なのか。そうか、あれが。あの人が。ぼくの。なんというか、そのことを、全方位的に得心した、とでも言ったらいいか。ようやく全体像を見たとでも言うか。

かっこいいなあ、とも思った。

誇らしかったんだと思う。たぶん、ちょっと。

こうやって映画は作られるのか。

それがぼくの母の仕事なのか。

それからぼくの父の仕事でもあるのか。

感心するとともに、徐々に現場にいる人たちみんなに目が行きだした。カメラや照明、その他のスタッフ。きびきびと厳しい顔で動く彼ら。顔見知りのおっちゃんやおばちゃんが、いつもとは全然違う迫力ある感じでそこにいた。圧倒された。

「かっこいいなあ」

とぼくはつぶやいた。

「たしかに」

と由奈もつぶやいた。

だがしかし、由奈はそのあと、早瀬なんて比べものにならないよ、と付け足したのだった。

早瀬？

誰、それ？

一瞬わからなくて戸惑い、それからすぐに思い出して、ぎゃふんとなった。早瀬かよ。

どうやら由奈は、同じ年頃の少年を見ているうちに、好きだった早瀬のことを思い出したらしかった。ぼくたちは同じものを見ていながら、まるでちがうことを考えていたのだ。

由奈が恋した早瀬。

早瀬って、どんな男の子だったんだろう。

ぼくは一度も会わなかったから、今となっては、ただ想像するしかない。

オーディションで選ばれた飛び切りかっこいい男の子を目にして早瀬のことを思い出せるんだから、さぞかしかっこいい男の子だったんだろう。

いや、そうでもないか。

由奈にとって早瀬が特別だった、ってだけで、ごくふつうの、どこにでもいる男子高校生か。うん、きっとそうだ。そうにちがいない。

けれども由奈は好きだった。

振られたとはいえ、由奈は、あの時まだ早瀬のことが好きだったんだろうなあ。

「あの二人はただの友だちじゃないね」

とうとう由奈が結論づけた。「でも恋人同士でもない」

「なんでわかるんだよ？」

「なんかわかってきた」

「ほんとにー？」

疑いの目を向けたが、由奈はきっぱりと、

「ほんとに」

と断言した。

「同じとこ、何回も見てるうちに、あたし、なんかわかってきた気がするよ。なんかさ、ああいうの、いいよ、なんかいい」

「どういうの？」

「ああいうの」

相変わらず、二人は独特の距離感でそこにいて、同じ時間を繰り返していた。

「あたしさあ、付き合うとか付き合わないとか、そんなことばっか、考えてたんだけど、って、だって、そういうもんだと思ってたからさ。けどさー、そういうもんでもないのかもしんないね。あーあ。むずかしいや。べつにさ。ああいうのだってありじゃんねえ」

「どういうの？」

「ああいうの」

由奈の視線の先には、映画の中の時間を生きる少年と少女がいた。

いったい、由奈は、あの二人に何を見たのだろう。

あの二人の、どこがどう、いいと感じたのだろう。

「べつに早瀬が誰と付き合ってたっていいじゃんねえ」

と由奈は言った。

ぼくにはよくわからなかった。

「そんなことない？」

「なにが？」

「わかんない？」

「だから、なにが？」

由奈はぼくの顔をじっと見た後、うー、とうなり声を上げた。

「なに。……なんなの」

うー、と由奈はうなっている。

「なんだよ、気持ち悪いなあ」

ぼくが言うと、由奈が、

「早瀬のバーカ」

と言った。

「え、なに」

由奈は、ふん、と鼻を鳴らした。

「バカバカバーカ」

「なんでぼくに言うの。早瀬って人に言いなよ。ぼくには関係ないよ」

「わかってるよ。バカバカバーカ。早瀬のバーカ」

ぼくは呆《あき》れてちょっと笑った。

「なによ」

　と由奈が突っかかった。

「なんでもないよ」

「早瀬のバーカ！　バカバカバーカ。みんなバーカ。あたしもバーカ。あんたもバーカ」

「うるさいよ」

「バカバカバーカ」

　大きい声を出せないから、由奈は、低い小さい声で、バカバカバーカ、バカバカバーカ、と言いつづけている。

「なんだよ、もう。静かにしてよ」

　由奈が、コドモめ、と毒づいた。コドモは呑気《のんき》でいいよなー。うるせー、とぼくは言い返した。すると由奈が、くすくす笑った。くすくす、くすくす笑う由奈。夏の空に浮かぶ雲が、ぼくにはまぶしい。

「なに。なに笑ってんだよ」

　ちっとも静かにならない由奈にぼくが言う。

「なんか、しあわせ」

　由奈が言った。

「は？」

「あたしは、元気」

「はあ？」

「あたしは元気だよ。もーぜーんぜん元気じゃんねえ」

「知ってるよ」

「え、知ってる？　知ってるんだ」

「うん、知ってる。由奈は元気」

ぼくがうなずくと、由奈が、そっか、とうなずき返した。

「あー、なんか、あたし、走りたいわー！」

ぼくがあんぐりと口を開けると、由奈がぐうんと伸びをした。

「そういえばあたし、ずっと走ってなかったわ。今、思い出した。なんか走りたいわ、せっかく夏なんだし」

由奈の声はやけに晴れ晴れしていた。「びゅーんと走りたいや！　どこまでもどこまでも走りたいや。びゅんびゅん、びゅんびゅん走っていくの！」

早瀬を追いかけて？

いいや、早瀬を追い越して。

由奈はそれからどうしたんだっけ？

走ったんだっけ？

ぼくの記憶はそこで途切れている。

由奈はきっと走ったんだろう。どこまでもどこまでも走ったんだろう。

五

映画の中の少女もやっぱり走っていた。

ラストシーンに向かって。

叫び声をあげて、砂を蹴散《けち》らして。

少女は海へと走っていく。

そうか、由奈はあの時、あんなふうに走ったのか、とぼくは思いながら映画を観ていた。

もうよく思い出せない由奈の顔がいつしか、映画の中の少女の顔に重なっていく。

大きな目をしたかわいい少女。ひるがえるスカート。光る海。

あれは由奈だ。

ぼくは身動《みじろ》ぎもしないで、由奈が走る姿をスクリーンに観ていた。

あの夏の記憶が蘇《よみがえ》ってくる。

新学期が始まっても、映画はクランクアップしなくて、ぼくはあの夏、九月半ばまであの家で過ごす羽目になった。今思うと信じられない。いくら映画が大切だからって、ぼくは新学期になっても学校へ通わせてもらえなかったのだ。

九月になってもぼくの夏休みはまだつづいていた。

由奈は学校が始まって以降は、もうあまり遊びに来なくなり、制服姿で通学する由奈を見かけるたび、置いてけぼりをくらったかのような悔しい気持ちになったものだった。

いい加減にうちに帰りたいよ。もう学校始まってんだよ、帰らせてよ。ねえ、帰ろうよ、うちに。

もちろん、ぼくはそんな気持ちを押し殺していた。

映画のために。

映画を作る両親のために。

ぼくは、あの夏、誰よりもあの映画に捧《ささ》げていたんじゃないだろうか。

あの時、いったいどんな映画が作られていたのだろう。

ぼくはそれを知らなかった。

あれだけ協力したのに、ぼくは最後まで映画の中身を知らないまま夏を終えた。九月半ばにようやくクランクアップ。それにつづくあわただしい撤収作業の中、ぼくはワゴン車に積み込まれ（という印象）、ついにあの町を離れた。あまりにも急だったので由奈に別れを告げる間もなかったと記憶する。

半年後の試写には行かなかった。

一年後の公開時にも観に行かなかった。

その後もずっと。

機会はいくらでもあったのだけれど、なんとなく観そびれた。

そこにとくに意味はない。

たまたま、だ。

たまたまずっと観そこなっていただけ。

そもそも小学生男子が観たくなるような映画ではなかったし、中学生や高校生になる頃にはもう映画のことなど忘れていた。いったんきっかけをなくしてしまうと、いつ観たらいいのか、わからなくなる。

いつか観るだろうという淡い予感を胸に、ぼくは映画から遠ざかる。

できればスクリーンで観たい。そんなことをぼんやり思っているから、かえって観られなかったのかもしれない。

あれから三十年。

驚くべきことだが、あれから三十年もの月日がするすると経過してしまった。

昨日の次に今日が来て、今日の次に明日《あした》が来て、明日の次に明後日《あさって》が来て、それからまたその次の日が来て、次の日が来て、次の日が来て……、あれよあれよという間に三十年だ。

時間時間時間。

あらためてぼくはそれを意識する。そして実感する。容赦なく流れゆく時間に流され、ぼくはもうすっかり中年のおじさんだ。今ではこんな文章を書いて暮らしている。

そうして今ようやくこの映画を観る機会が訪れた。まったくこれほど時間がかかるとは思わなかった。先週からぼくの母の映画の特集上映が（齢《よわい》七十になろうというのに彼女はまだ現役の映画監督だ）、さる映画館で始まったのである。ぼくはひそやかな感慨とともに、映画館の隅の座席に身を埋《うず》める。客電が落ちる。暗闇がぼくを包み、ぼくの輪郭が消えていく。ぼくはぼくであることを忘れる。映画が始まる。

ぼくは息を呑《の》んだ。

あの家だ。

あの家が映っている。

ぼくはあの家に住んでいた。

記憶の蓋《ふた》がぱかんと開き、ぼくの目はスクリーンに釘付《くぎづ》けになる。

スクリーンには、ぼくの夏が映しだされていた。

あの夏だ。

あの夏があそこにある。

どきどきと動悸《どうき》がした。

ぼくは今日ここへ、何を観にきたのだろう。

ぼくは今、何を観ているのだろう？

映画？　これは映画なのか？

映画の中にあの夏が閉じこめられていた。あそこに流れていた時間はそのままあそこにあった。時間が凍結している。そうして今、それが溶けて流れだす。

ぼくは少し狼狽《うろた》える。

だってそうだろう？

あれはぼくの夏だ。ぼくの夏休みだ。ぼくと由奈の夏休みだ。

ぼくの身体がいきなり縮んで小学生に戻ってしまった感覚さえおぼえ、ぼくは混乱する。小学生のぼくがあそこにいて、でかい口を開けて笑っている。隣にいるのは高校生の由奈だ。ぼくたちはあの庭の木陰で、寝転がって空を見ている。涼しい風の流れる場所で、ぼくたちは適当なおしゃべりをつづけている。じりじりと焦げつくような日差し。嵯峨ちゃんの干した洗濯物のシーツが白い大きな帆のように風を受けて膨らむのをぼくは見ている。お腹がぐうと鳴る。そろそろおやつの時間かな、気もそぞろになってぼくは言うのだ。お腹がすいたよ、由奈。おやつにしようよ。ホットケーキが食べたいよ。アイスクリームが食べたいよ。由奈が笑う。由奈の首筋には汗のつぶつぶが浮かんでいる。あんたほんとに食いしん坊だね、と呆《あき》れたような顔で由奈がぼくを見る。草の匂いがする。青い草の夏の匂い。

こんなふうにあの夏を観る日が来るなんて、思ってもみなかった。

もちろん、スクリーンにぼくたちが映っているわけではない。

けれども映っていないぼくがぼくには見える。

映っていない由奈がぼくには見える。もう顔もよく憶《おぼ》えていない由奈がぼくには見えるのだ。

由奈の声が聞こえる。

「あの二人はただの友だちじゃないね」

偉そうに断言する由奈の声。

「でも恋人同士でもない」

なぜ由奈にそれがわかったのだろう。わずかなシーンしか見ていなかったのに。

本当にあの二人はただの友だちではなく、恋人同士でもなかった。三十年後にぼくは初めてそれを知る。

ほんとだ、由奈。きみの言うとおりだった。

あの少年と少女はただの友だちではなく、恋人同士でもなく、ひと夏を乗り越えるために必要だった、かけがえのない相手、パートナーだった。これは、そういう映画だったのだ。

ぼくはおかしくてたまらない。

だって、由奈。まるでぼくたちみたいじゃないか。

ぼくと由奈だって、ただの友だちではなく、恋人同士でもなかった。こじつけといえばこじつけだけど、ぼくと由奈だってかけがえのない、あの夏のパートナーだった。

あの夏がここにこうして残っていることをぼくはうれしく思う。

由奈は知っているだろうか。

ここにぼくたちの夏があることを。

三泊四日のサマーツアー

椰月美智子

椰月美智子（やづき　みちこ）
1970年生まれ。2002年、『十二歳』で講談社児童文学新人賞受賞し、デビュー。06年刊行の『しずかな日々』で、野間児童文芸賞、坪田譲治文学賞をダブル受賞。主な著書に『るり姉』『かっこうの親　もずの子ども』『坂道の向こう』『その青の、その先の、』『シロシロクビハダ』『恋愛小説』『消えてなくなっても』『フリン』など。

意味がわからない。おれがなぜ、こんなところにいなければならないのか。

「ほら、もう搭乗口に行きなさいよ」

かあちゃんが背中を叩《たた》く。羽田《はねだ》空港国内線ターミナル。

「なあ、おれがなんで行かなきゃいけないわけ？　聞いてないんすけど。ていうか、ぜんぜん行きたくないんすけど」

「は？　今さらなに言ってんの。贅沢《ぜいたく》ねえ。わたしだって行けるものなら行きたいわよ」

「じゃあ、かあちゃんが行けばいいじゃないか」

「つべこべ言ってないでさっさと行きなさいよ。ほらっ」

背中を押されて、思わず前につんのめった。

「また帰りに迎えにくるからねー。気を付けていってらっしゃーい」

朗らかに微笑むかあちゃんを恨めしい目付きで眺めながら、手荷物検査口に並ぶ。

「じゃあね！　たのしんで！」

笑顔で手を振って去ってゆくかあちゃんの背中が小さくなって、人込みにまぎれて見えなくなった。

到着した那覇《なは》空港には、なぜか水槽があった。きれいな魚たちが泳いでいる。さすが沖縄だと思いつつ、ばくばくと波打つ鼓動を落ち着かせた。

はじめての飛行機だった。かなり緊張した。離陸のときの恐怖はハンパなかった。画面に映った緊急時対応のビデオと、説明する客室乗務員のおねえさんを食い入るように真剣に見つめていたけれど、まわりの人間は誰ひとりとして真面目に見ていなかった。

とにかく無事に着いてよかった。着陸のときの揺れにチビりそうになったけど、それは内緒だ。

―レッツゴーサマー！　ミステリーツアー！―

黄色い旗が目にとまった。かあちゃんから渡されたプリントを確認する。同じツアー名だ。

「すみません。竹田《たけだ》ですけど」

「おおっ、竹田哲太《てった》くん？」

はい、とうなずくと、よく来たなあと、おじさんに背中をバシバシと叩かれた。

「あと二人来ることになってるから、ちょっと待ってな」

すでに三人ほどのメンバーらしき男子がいた。三人で輪になってなにやらたのしそうに話をしている。すっかり出来上がっている感がおもしろくない。挨拶《あいさつ》ぐらいしろってんだ。おれから声をかけるのも癪《しゃく》なので、ふいと横を向いた。たった三泊の辛抱だ。

「ああ！　こっち、こっち！　栗山《くりやま》レオくんと平林光圀《ひらばやしみつくに》くんか？」

キョロキョロと歩いている男子二人を見つけて、おじさんが声をかける。二人はかすかにうなずいて、互いに一定の距離を保ったままやって来た。

デブとメガネ。漫画みたいな奴らだと思った。

「これで全員そろったかな。じゃあ、とりあえず島に向かいます。わたしは吉村《よしむら》です。一応このツアーの主催者というか責任者です。どうぞよろしく」

背が高く痩《や》せていて、ごましお頭の年配のおじさんが簡単な自己紹介をする。

「みんなの紹介は向こうに着いてからね」

最初にいた三人組が、なにがおかしいんだか愉快そうに笑っている。おれは、かあちゃんから渡されたプリントにもう一度目を通す。島に行くなんて、今はじめて知った。

車で港まで行くということで、大きなバンに男子六人が乗り込んだ。最初の三人はすっかり打ちとけたようで、うしろの広い席を占領しすでに下の名前で呼び合っている。

「ちっ」

思わずもれた舌打ちを聞き逃さなかったのか、メガネが眉《まゆ》をあげてこちらを見た。目が合った。笑いかけたら顔をそらされた。笑いかけてしまった自分が猛烈に情けない。ちくしょう。おれは絶対に誰ともつるまない。

フェリー乗り場へ着いて、わけがわからないまま乗り込む。空は晴れていたけれど、波が高い。ジェットスキー並みに揺れる。

「いやっほう！」

三人組がわーわー騒いでいる。ガキか、としらけた視線を送りつつ、ものすごい揺れに具合が悪くなる。二十分ほどの時間だったが、港に着いたときには足がふらふらで、なんだか視界も回って気持ちが悪い。

「おい、大丈夫か」

てっきり、おれに向かって言われたかと思ったが、吉村さんが声をかけたのは、デブだった。顔面蒼白《そうはく》になったデブがよろよろと歩いたかと思うと、前ぶれもなく盛大に吐いた。

「まじかよー。キモッ！」

三人組がうしろに飛びのいて、はやし立てる。三人組にむかつく前に、おれの気持ち悪さもマックスになってきた。デブのゲロを目の当たりにしてしまったせいだ。胸を押さえて遠くの海を見つめ、気持ち悪さを逃す努力をする。

「おいおい、大丈夫か」

今度こそ、声をかけられた。と思ったら、吉村さんが肩に手を置いたのはメガネだった。

「ううっ」

うめき声とともにメガネがうずくまる。見れば、口から胃液をだらだらと流している。三人組の笑い声が聞こえる。

すっかり出遅れた。気持ち悪いが、今さら吐くわけにはいかない。水平線を見ながら、おれは一人しずかに、こみ上げてくる胃液を飲み込んだ。

目指す建物は、フェリー乗り場から十分もしないところにあった。白い小さな建物だ。入口を入ってすぐが広いフローリングになっていて、長い座卓とホワイトボードが置いてあり、右手には事務所、左手には対面式のキッチンがある。

冷蔵庫から取り出した冷たいお茶をグラスに注ぎながら、吉村さんがみんなを見回し、立ち上がる。

「今日から四日間、ここでみんなと寝泊りして過ごします。メンバーはここにいる六人の男子です。たのしい夏の思い出になるよう、みんなで協力していきましょう」

少しの間のあとにぱらぱらと拍手が起こる。

お茶をひと口飲む。麦茶だと思っていたのに、妙な味がする。眉根《まゆね》を寄せていると、吉村さんが気付いて、

「さんぴん茶だよ」

と教えてくれた。沖縄でよく飲まれるお茶らしい。

「ジャスミン茶の味……」

デブがぼそりと言う。どうやらさんぴん茶とジャスミン茶は同じものを指すらしい。おれは、ほとほとげんなりしてしまった。ジャスミン茶は苦手なのだ。ようやく吐き気がおさまったというのに、またこみ上げてきそうだ。

「じゃあ、自己紹介をはじめようか。一人ずつホワイトボードに名前書いていって。では時計回りで」

吉村さんの言葉に、三人組の一人が立ち上がって前に出る。すらすらと名前を書く。

「大野《おおの》光太朗《こうたろう》です。中学二年生です。埼玉県草加市《そうか》から来ました。ずっとたのしみにしていました。家に帰るとき、ひと回り大きくなっている自分に期待します。どうぞよろしくお願いします」

残りの二人が盛大に拍手をし、吉村さんも目を細める。デブとメガネは音を出さずに拍手をしていた。おれもだ。

「大平旬《おおひらしゅん》です。同じく中学二年生。札幌から来ました。はじめての沖縄です。暑さに負けずにたのしみたいと思います」

北海道は涼しいのかい？　と吉村さんがたずねる。

「こっちよりはぜんぜん涼しいです。冷房はいらないですから」

おお、と感嘆の声が上がる。大平と入れ違いで三人目が立ち上がる。

「大淀拓海《おおよどたくみ》です。東京の杉並《すぎなみ》区から来ました。去年、沖縄本島に家族で遊びに来ましたが、島ははじめてなのでうれしいです。よろしく」

大淀が座ったところで、吉村さんが、

「今の三人はみんな苗字に『大』がつくんだなあ」

と、ホワイトボードを見ながら言った。

「おれたち、ビッグスリーチームですから」

大野が言い、だよな、と大淀が言って、大平が笑った。「大」が三人そろって、ビッグスリー。あほか。

「はい、じゃあ次」

デブがのろのろと立ち上がる。こうして見ると、かなり上背もあった。百七十センチ以上はありそうだ。体重は八十キロくらいだろうか。

「平林光圀です。家は名古屋です。中二です。よろしくお願いします」

それだけ言って、とっとと座る。

「栗山レオです。大阪から来ました。中学二年の十四歳です」

次のメガネもそれだけ言って席に戻ろうとするので、吉村さんが慌てて「得意な教科は？」と聞いた。メガネはしばらく考えてから、特にありません、と消え入るような声で言って、場をおおいにしらけさせた。

「竹田哲太です。同じく中二です。横浜から来ました。好きな教科は英語です」

ビッグスリーたちが忍び笑いをする。なんでおれがメガネの尻拭《しりぬぐ》いをしなけりゃならないんだっての。くそっ。

「というわけで、今回は全員中学二年生にそろえました」

吉村さんが言い、それから建物のなかを案内してくれた。一階建ての館内はわかりやすかった。

「みんな知っていると思うけど、ここは普段、山村留学生たちが住んでいます。今は夏休みで帰省中。夏休みが明けたら帰ってきて、ここでの生活がはじまります。みんなが寝るのはこっち側です」

八畳ほどの部屋に二段ベッドが三つ置いてあった。

「いつもはここで何人が寝泊りしてるんですか？」

「六人だよ。男子六人、女子五人。女子は反対の東側の居室を使っている。今回のサマーツアーは男女別で開催したんだ。再来週からは女子のツアーがある」

夏休みの期間だけ、ここを開放しているらしかった。

「ここってすごく狭くないですか？　いや、おれたちは三泊だからいいけど、ここに住んでいる人たちはどこに荷物置くんですか？　洋服とか教科書とか私物とか」

大野の質問に、吉村さんがにこやかに答える。

「全部この部屋に置くんだよ。毎日洗濯するからさほど着替えは必要ないし、教科書なんてたかがしれてるだろ。カラーボックス一つあれば三人分の教科書はおさまるよ。それに私物はほとんどないからね」

とてもおれには無理だと思った。家ではこの広さがおれ一人分の部屋だ。ここに六人が寝るなんて考えられない。

「ストイックな生活なんすね」

大平が言う。

「こっちが図書室です。本を読みたい人はどうぞ」

壁一面の本棚に、児童書から図鑑、辞書までびっしり入っている。

「あ、そうだ。ツアーの間は、お金と携帯電話とゲーム機はこちらで預かります。持っている人いたら、今出してください」

　吉村さんが巾着袋《きんちゃくぶくろ》を広げた。まじかよ、没収かよ。つぶやいた声がもれていたようで、

「プリント、読んでないのかよ」

　と大淀に言われた。ちゃんと読んでなかった。そんなことまで書いてあったのか。仕方なくスマホと財布を差し出す。

　東側の奥にシャワー室と洗濯場があった。

「ぼく、湯船がないといやだなあ……」

　デブがひとり言のようにぼそりとつぶやく。みんな無視していたが、吉村さんは
「内地の子はそういう子が多いよ」と律儀に答えた。

「普段は食事を作ってくれる人がいるんだけど、今は夏休み中なので、三食とおやつはわたしが作ります。こう見えてもけっこう上手だから安心して。島の人からの応援もあるのでね」

　うしろを向いて、おれはため息を吐いた。百パー期待できない。

「そろそろ夕飯の用意しなくちゃな」

　吉村さんがつぶやく。時刻は夕方の五時半過ぎだった。いつまで経っても暮れない空を、ぼんやりと窓から眺めた。今すぐにでも横浜に帰りたかった。

「……てくれ」

なにやら声がする。と思ったら、けたたましい音が鳴り響く。火事だと思って、飛び起きた。

「ほら、目覚ましが鳴る前に起きないと。あれ、めちゃくちゃうるさいからなあ」

どうやら台所で鳴っているらしかった。

……ジジッ。

吉村さんが止めに行く。みんなはベッドの上で呆然《ぼうぜん》としていた。

「ほら、起きてくれ。朝だぞ、さあ、起きろ」

「え？　ちょ、今何時すか？」

携帯がないからわからない。部屋に置いてあるただ一つの目覚まし時計に目をやる。

思わず二度見してしまった。五時半だ。

「言わなかったか？　五時半起床だぞ。日の出を見に行くぞ」

吉村さんがたのしそうに、パパンッと手を叩《たた》く。

冗談はやめてくれ。昨夜はほとんど眠れなかった。ベッドを決めるグーチョキパージャンケンでおれはパーを出して、見事デブと一緒になった。デブは下でおれは上。

絶対そうなるだろうという予感はあったけれど、案の定デブはすこぶる寝付きのいいいびき野郎だった。他のみんなもうるさかっただろうと思うけど、デブの真上にいるおれは、モロ直撃だった。地響きのような震動がびんびんと二段ベッドの上に伝わってきた。眠れるわけがなかった。

デブはみんなに迷惑をかけまくったというのに、まったく起きる気配がなく、見かねた吉村さんが無理やり抱き起こすような恰好《かっこう》で目を覚まさせた。寝起きのデブは溶け出した岩の妖怪《ようかい》みたいだった。

「光圀くん。明日《あした》からは自分で起きてくれよ。腰が痛くなっちゃうよ」

そう言って、吉村さんは自分の腰をとんとんと叩いた。

それからおれたちは、顔も洗わずに即行で自転車に乗せられた。自転車は観光客にレンタルしているもので、ツアーの間中は自由に乗っていいことになっている。

「ほんとは歩いて行くんだけどな、今日は間に合わないから特別だ」

吉村さんが言う。吉村さんのあとをおれたちは、わけもわからないままついてゆく。

車一台がようやく通れるほどの一本道がまっすぐ続いて、両脇には木が生い茂っている。寝ぼけた頭のまま見る景色は、まるで夢のなかのようだ。

自転車を停めて、海側の木々の間の細い道を一列になって入ってゆく。木の枝が行く手を阻み、ぼけっとしていたらぶつかりそうだ。細道を抜けたら、そこには浜があった。浜といっても、根を張っている木や砂に埋まっている大きな岩が多くて、外国のポストカードで見るようなリゾートな雰囲気ではなかった。無骨な自然そのものという感じだ。

「ほら、もうじき太陽が上がるぞ」

あちらが東なのだろう。吉村さんが水平線を指差す。

雲がかかっていたけれど、オレンジ色の光は強烈に四方八方にまっすぐ伸びる。まぶしい。太陽ってめちゃくちゃ明るいんだなあと、まだ半分寝ている頭でぼんやりと思った。

眠いのか感動したのか、みんな無言で朝日を見ていた。しばらくしてから吉村さんが、戻るか、と腰を上げ、みんなでぞろぞろとついていった。自転車をゆっくりとこいでゆく。

「あっ！」

ビッグスリーの誰かが声を上げた。土ぼこりが舞う道の真ん中に、手のひらの半分くらいの大きさの巻貝が落ちている。茶色い筋があって、ところどころ白色も見える。

「すげえ、でけえ！」

「あっ！　今なんか見えた！　ハサミ！」

赤いハサミがちらっと見えた。

「ヤシガニかも！」

巻貝をまとった生物は、人間が自分を取り囲んでいる気配を感じたのか、まったく動く様子がない。大平が手に取った。

「おいこら、出てこいよ。ヤシガニ」

「この大きさやったら、ヤドカリやろ」

メガネがぼそりと言う。ビッグスリーたちがメガネをにらんだ。大平の手から、大淀が横取りして、貝を振りはじめる。

「やめぇや。かわいそうやろ」

メガネがつぶやく。大野が笑いながら貝を手に取った。

「バイバーイ!」

そう言って、巻貝をぶん投げた。貝は空に舞ったあと、木々のなかに吸い込まれていった。ビッグスリーたちはげらげら笑いながら、吉村さんを追いかけていった。

「ひどいことするんだな」

おれがつぶやくと、

「生き物を大切にせんやつは好かん」

とメガネが言った。

真夏の南の島にいるとは思えない顔色の悪さと愛想のなさだけど、なんとなくメガネの大阪弁には好感が持てた。

「行こか」

ぼうっと突っ立っているデブに声をかけて、メガネが自転車にまたがった。一本道だから迷うことはないけれど、いそいだほうがよさそうだ。

「先に行けよ」

デブに声をかけると、うん、とうなずいてペダルをこぎはじめた。さっき出たばかりの太陽が早くも本気を出している。どこまでも続く一本道をメガネとデブがこいでゆく。

ふと、立ち止まってうしろを振り返ると、誰もいない道がずっと先まで延びていて、なんだかこの世の終わりみたいな気がしてちょっと怖くなった。

「待ってくれよー」

声に反応して二人が振り返る。立ちこぎして追いついた。二人はどうでもよさそうにおれを見て、またペダルをこぎ出した。

朝食ははっきり言ってうまくなかった。へんな豆を煮たものと、へんな野菜のおひたしと、甘くない卵焼きと油揚げが入った味噌汁《みそしる》という、精進料理のようなものだった。吉村さんいわく、この島で採れた食材での郷土料理、とのことだったけれど、そんなものおれたちはまったく求めていない。とにかくなんでもいいから、十四歳には肉を！　と、このときばかりは一致団結して全員が思ったはずだ。

「はい、今回のツアーの日程表」

朝食後、吉村さんがＡ４の再生紙を配りはじめると、ビッグスリーが小さな歓声を上げた。そういえば、今回のツアータイトルは「レッツゴーサマー！　ミステリーツアー！」だったことを思い出した。どうやら、詳細はまだ知らされていなかったらしい。

渡された日程表に目を通して、しばしぽかんとする。起床、日の出観測、朝食、掃除、洗濯、昼食、夕食、就寝時間以外は、ほとんどが自由行動と書いてあった。

「ミステリーってこういうことかよ。不思議な体験ができると思ったのに」

大野が舌打ちをする。大平と大淀も落胆の声を出す。期待はずれだったようだ。

吉村さんは笑っているが、これはあきらかに手抜きだと思われた。さすが母ちゃんが見つけて申し込んだだけのことはある。料金も安かったのではないだろうか。

かあちゃんは、おれがここにいる間、東北旅行に行くと言っていた。彼氏ができたそうだ。今頃どこかの旅館で、いやらしい朝を迎えていることだろう。くそっ。おれを追い払うために、このツアーに勝手に申し込んだかと思うと腹が立つ。

「今から島内のことを説明します。大事なことだから、しっかり聞いて頭に入れること。日程表と一緒に渡した島の案内図を見てください」

吉村さんがホワイトボードに島の全体図を書く。なんの下調べもしてこなかったので知らなかったけれど、周囲八キロほどの縦長の島らしい。集落があるのは港のある南側だけで、あとはなんにもない。島をぐるりと一周できるように道があるが、道の外側はもう海で、内側は手つかずの森になっている。

「ご存じの通り、ここは神様の島です。島全体が聖域となっています。絶対に足を踏み入れてはいけない神聖な場所は、今説明した場所です。きちんと覚えて、絶対に守るように！」

吉村さんの説明に、おれは驚いていた。神様の島だなんてまったく知らなかった。それこそ本当にミステリーではないか。ビッグスリーたちがニヤニヤして聞いているのとは反対に、メガネもデブも真剣な面持ちだった。

今朝の一件によって、おれたちははっきりと三対三に分かれた。ビッグスリーたちがおれたちのことを「ゲロチーム」とひそかに呼んでいるのも知っている。おれは吐かなかったけど、フェリーに酔っていたのはバレていたらしい。

「強い潮の流れが出ることがあるので、泳ぐときは充分気を付けるように」

真剣な面持ちで吉村さんは言い、泳いでいい浜とだめな浜、それと飛び込みに最適な場所を教えてくれた。ここに住んでいる留学生たちは、日々飛び込みの技を競っているらしかった。

「三時にはおやつを用意しておくから、お腹がすいたら戻ってきなさい」

そう言って、それぞれ大きな水筒を渡された。それからおれたちは朝回しておいた洗濯機から、各自の洗濯物を取り出して外に干した。掃除は、今日は免除らしい。

ビッグスリーたちはこそこそと話し合って、早々に出かけていった。

「神様の島だなんて、ちょっと神秘的だよね。おかあさんに心を洗っておいでって言われたよ」

デブが言う。おい、デブ、と言おうとして、思いとどまった。なんて呼べばいい？とたずねると、デブは、なんでもいいと答え、そのわりに「光圀で」と付け足した。

「おれは哲太。お前はレオだったよな」

メガネがうなずく。

「とりあえず、島を一周してみようぜ」

そう提案すると、二人はこくりとうなずいた。


ものすごくいい天気だ。青空満載だ。光圀は島について念入りに下調べしてきたようで、まずは港のほうから行ってみようと、頼りになる一面を見せてくれた。

「あ、ここがさっき吉村さんが言ってた飛び込みのところか」

おれの言葉に光圀がうなずくが、ぼくは泳げないから、と言った。

「レオは泳げるのか」
「ああ」
せっかく南の島に来たんだから泳ぎたい。
木陰になっているところにベンチがあり、ステテコ姿のおじいさんが二人座ってい
た。おれたちを見て、杖《つえ》を持っている一人が手をあげた。
「こんにちは」
と、関西訛《なま》りで挨拶《あいさつ》したのはレオだ。もう一人のおじいさんは、面倒はごめんだと
いった感じで、おれたちを一瞥《いちべつ》したあとしずかにそこを去っていった。
杖を持ったおじいさんの話す言葉は、ほとんど聞き取れなかった。訛りというか方
言がすごいのだ。かろうじて聞き取れたのは「どこから来た？」だった。おれたちは
それぞれに出身地を答えた。おじいさんはまたなにやらごにゃごにゃと話していたが、
なにを言っているのか、さっぱりわからなかった。
「すみません、もう一度お願いできますか」
おれが言うと、おじいさんはびっくりしたように目を見開いて、大きく手と首を振
った。それから立ち上がって、おれたちのほうに一歩近づき、
「この島にあるものは貝ひとつ、砂ひと粒だって持ち帰っちゃいかん」
と、しわに包まれた目を再度見開いて言った。今度の言葉は明確に聞きとれた。

光圀が、わかりました、と頭を下げる。おれはびっくりして、固まってしまった。なんだか怖かった。そんな意地悪を言うおじいさんも、殊勝に頭を下げた光圀も。

それからおれたちは自転車を押しながら集落を回った。平屋が多かった。台風が頻繁に訪れる島は平屋建てが多いのだと、光圀が教えてくれた。家々の前には、ぬりかべのような大きな石がでんと置いてあり、入口をふさいでいる。魔除けだよ、とこれもまた光圀が教えてくれた。

集落を抜けて、さっき日の出を見た浜に降りた。

「光圀はやけに詳しいよな」

光圀は少し言いづらそうに、うん、まあねえ、などとごにょごにょと言い、

「おかあさんが前に、何度か来たことあるみたいでさ」と言った。

「へえ」

「そういうの好きなんだよね。パワースポット的ないろんなところに行ってるよ。今回のツアーもおかあさんが見つけてきて、勝手に申し込んだ」

おれとレオは、ふうん、とも、ううん、ともつかない返事をした。なんとも言いようがない。

「レオはなんでこのツアーに参加したんだ？」

と、おれはたずねてみた。

「うちもおかんが見つけてきた。うちは弟と妹がまだ小さくて、おれがいっつも面倒見てるから、気の毒に思ったんちゃうかな。たまには一人でのんびりしてきー、って」

哲太は？　と聞かれるかと思ったけれど聞かれなかったから、わざわざ言うこともないと思って、言わなかった。

「さっきのおじいさん、この島のものは持って帰っちゃいけないって言ってたよな」

浜には、サンゴのかけらや貝殻がたくさん落ちている。

「うん。絶対に持って帰っちゃいけないよ。吉村さんも言ってたじゃない」

光図が真剣な面持ちで言う。吉村さん、そんなこと言ってたっけ？　と思ったが、おれが聞いてなかっただけだろう。

「なんで？」

「なんでなん？」

思わずレオとハモってしまう。

「持って帰ると、『帰りたい』って泣くんだって」

「貝殻が？　石が？」

「うん。だからたとえ持って帰ったとしても、みんな戻しに来たり、宅配便で送り返したりするらしいよ」

　おれとレオはまた、ふうん、とも、ううん、ともつかない返事をした。ちょっと不気味だ。いや、かなり怖い。

　ザッと音がして、驚いて振り返る。島の女の子だろうか。小学生くらいの女の子二人が、そろって振り返ったおれたちをびっくりしたように見た。

「こんにちは」

　レオが軽く会釈する。おれと光圀もこんにちは、と蚊のなくような声で挨拶した。女の子たちは短パンとTシャツ姿で、そのまま海に入ってばしゃばしゃと遊びはじめた。この島にもふつうの女の子がいると思ったら、なんだか少し安心した。

「行こか」

　レオが立ち上がる。おれと光圀も立ち上がって、自転車に戻った。

　一本道をのんびりとこいでゆく。自然の色濃さを、太陽の光がぼかしているような景色だった。

「おい、ちょっと見てみ！　すごいで！」

　レオが上を見上げている。視線をたどると、そこには巨大なクモがいた。道をはさんで両側の木に巣を張っている。かなり高い位置にいるけれど、ここから見ても相当な大きさだ。万が一落ちてきたらと思ったら、ぞわっと鳥肌が立った。

「うわああ、こわい。ぼくクモ苦手」

光圀は片手で頭を守り、その場をさっさと通り過ぎた。

「オオジョロウグモかな」

「レオは詳しいな。朝のヤドカリもそうだったけど、もしかして生物部？」

「いや、テニス部。ただ生き物が好きなだけや」

テニスというのもあまり似合わないなと思った。おれはサッカー部に入っていたけど、夏休み前に辞めたばかりだった。なんだかダルくなってしまったのだ、基礎トレーニングやら先輩後輩の上下関係やらが。

「中二病かなあ……」

おれのつぶやきを聞き逃さないで、レオが「なんやそれ」と笑った。

適当な関西弁で返すと、レオはまた「なんやそれ」と笑った。

「お、笑ってるやん」

「おれやって笑うわ。まあ、よく無表情て言われるけどな」

そう言う顔が、無表情なのでおかしかった。

光圀は頭上を気にしながら自転車をこいでいる。

「光圀！　よそ見してると転ぶで」

立ちこぎしてレオが大きな声を出した。その横顔が、ほんの少し笑っているように見えた。

木でできた立て看板の小道を入ってゆく。またべつの浜だ。

「吉村さんも説明してたけど、ここはとても神聖な浜らしいよ。おかあさんも言ってた。感謝のお祈りをしてきなさいって。お願いするんじゃなくて感謝しなさいって」

遊泳も禁止されているらしい。光圀が手を合わせて真剣に祈っているのを見て、おれとレオもなんとなく手を合わせた。

手を合わせると、いつものくせでお願い事をしたくなる。頭が良くなりますようにとか、うまいもんを毎日食べられますようにとか、かわいい女の子と付き合えますようにとか、かあちゃんが再婚しませんように、とか……。

おれは無理やり邪念を振り払い、とりあえず漠然と「ありがとうございます」と心のなかで唱えた。目を開けた瞬間、レオと目が合った。困ったように顔を見合わせる。光圀はまだ目をつぶって、なにやらブツブツと唱えていた。

白い小さなヤドカリがちょこちょこと歩いている。美しい景色だった。けれど美しいなかにも、どこか畏《おそ》れのような静謐《せいひつ》な気配が漂っていた。

「なにをそんなに長く祈ってたんだよ」

光圀にたずねると、

「こうして生きていることに感謝してたんだよ」

と、返ってきた。

「ひー、お前何者だよ。本当に中二かよっ。実は七十五歳とかじゃねえの？」

「いや、おかあさんがそうしろって言ってたからさ」

マザコンかよっ、と言いたいところを我慢した。

「おい、ここだ、ここだ」

声に振り向くと、ビッグスリーたちだった。思わず舌打ちしてしまう。

「どーも、どーも、ゲロチームさん」

大平が言う。おれたちは三人を無視して道に戻ろうとした。

ズサッ！

「大丈夫かっ」

光圀が転んだ。大淀が足を引っかけたのだ。光圀の膝小僧《ひざこぞう》がすりむけて、血が出ている。

「おい、なにすんだよっ！　謝れよ！」

おれが大淀の肩を押すと、「やるのか？」と、大淀が構えた。

「おれ、ボクシングやってるんだよね」

大淀が笑って、構える。

「やめて」

光圀が叫ぶ。

「いいんだ、ぼくが勝手に転んだんだ。ごめんね、大淀くん。哲太くんもごめん。どうもありがとう」

大淀はつまらない顔をして「弱虫め」と、唾《つば》を吐いた。大野と大平はうすら笑いを浮かべながら、ずんずんと海のほうへ歩いて行った。

「この浜、泳いだらあかんで。吉村さんゆうとったやろ」

「うるせえんだよ」

「泳がなけりゃいいんだろ」

そう言って、ばしゃばしゃと波に足を入れた。

「行こう」

おれは二人を促して、この場を離れた。

「なんだよ、あいつら。ほんと気分悪いな」

自転車を押しながら、三人で歩く。

「足、大丈夫か。光圀」

「うん、大丈夫」

「なあ光圀、さっき、また祈ってたやろ？　見たで。あいつらへの呪いか？」

浜から出るとき、そういえば光圀が手を合わせていた。

「まさか。呪うわけないよ。ビッグスリーが悪いことをしてごめんなさいって、代わりに謝ってたんだ」

おれは驚いて光圀を見た。見るからに人の好さそうなデブは、本当に人がいいのだ。

「たいしたやっちゃなあ」

レオの言葉におれもおおいにうなずいた。みんなができることじゃない。

降りられる浜はいくつもあって、おれたちはひと通りの浜に降りてみた。どこもきれいだったけれど、やっぱりなんだか畏れ多い気がして、むやみやたらにはしゃいではいけないような雰囲気があった。

「見て、これガジュマルだよ」

光圀が立ち止まる。道が分かれる角に、めずらしい木が立っていた。

「はじめて見た。うわ、これ、おもしろいなあ」

根っこみたいなものが幹からたくさん垂れ下がって、それが地面に届いている。複雑に絡み合っていてなんだか不気味でもある。今にも枝がしゅるしゅると伸びてきて、首をつかまれそうだ。

「この樹にはキジムナーっていう精霊が住んでいるらしいよ」

「精霊⁉」

「うん。髪が赤いんだって」

「へえ……」

確かに、精霊や妖怪《ようかい》が住んでいてもおかしくない雰囲気だ。

「なんやわからへんけど、感動するわ。樹齢、何年くらいやろ」

レオが食い入るように見つめている。レオは生き物とか植物がよっぽど好きなんだろうな。ゆっくり真剣に、上から下まで見ている。

「うわあっ！」

レオの声に、おれと光圀はびくんと跳ね上がった。

「どうした？」

「今、なんかおった！」

「ええっ？」

「赤っぽいのが見えた！」

光圀と目を合わせる。まさかキジムナーなのか。汗だくなはずなのに、ぞわーっと腕に鳥肌が立った。

「まじかよ」

レオの腕を思わず取ると、

「もちろんうそ」

と、レオが舌を出した。

「なんだよう！　ビビらせんなよっ！」

「まさか、信じると思わへんかってん」

勘弁してくれぇ。情けない声で言って、レオの背中を叩《たた》いた。光圀はたのしそうに笑っていた。

北の岬に着くと、海が広々と見えた。でかい。海はやっぱりでかかった。綿をちぎったような雲が水平線にくっついている。それを見たら、おれはなんだか急に子どもの頃のクリスマスを思い出した。クリスマスツリーに綿の雪を付けるのだ。そうっと引くと綿の先がふうわりと裂けて、それをツリーにのせていった。

なんてまあ、季節はずれなんだ、と自分ながらにあきれた。真夏の沖縄の島で、冬のクリスマスを思い出すなんて。

あのとき一緒に綿をちぎったのは、とうちゃんだったような気がするけど、思い違いだろうか。五歳のときに死んでしまったとうちゃん。おれにはほとんど記憶がない。写真を見て、本当にいたんだと納得するだけだ。

「ここは神様が降り立った場所らしいよ」

光圀が言って、手を合わせる。光圀が持っている、かあちゃんが作ってくれたというメモには、この島の詳しいことがいろいろと書いてあるらしい。

「空が広いわ。怖いくらいやわ」

さえぎるものがなにもない空は、自由にどこまでも続いていた。空を、空だけで見たのって、もしかしたらはじめてかもしれない。おれが住んでいるところは横浜と言っても郊外で、畑も田んぼも近くにある田舎町だけど、それでも、空を空だけで見たことはなかった。誰かの家の屋根や建物が必ず視界に入ってくる。

「こんな空見てたら、そら、光圀の言うとおり、神様の存在も信じてしまうよな」

大きく腕をまわして、深呼吸をした。南の島の匂いがした。

それから島の西側を回って、一気に南下して集落に戻った。すっかり昼食の時間で、ビッグスリーたちが、吉村さんの手伝いをしてテーブルに食器を並べていた。ビッグスリーは、吉村さんともすっかり打ち解けているようだった。

調子のいい奴らだ。こういう奴ってクラスに必ずいる。先生や先輩の前ではへらへらして、自分より格下だと決めつけた奴には横柄な態度で接する。

おれは、地元横浜の中学校をふいに思い出す。そこはこの場所からはひどく遠くて、もはや現実のものとは思えなかった。この島に来てまだ一日も経っていないというのに、地元の景色ははるか彼方《かなた》にある幻のようだ。

夏休み明けの日々を思う。長い授業。暑苦しい制服。汚い便所。廊下にある水道場。ほこりっぽいグラウンド。体育館のマットのにおい。女子のブラウスから透けて見えるブラジャーのライン。

ブラジャーはいいとして、そのほかの光景は、ただただめんどうくさいだけだった。自分の身丈よりも小さい箱に押し込まれているような、窮屈な日々。

「中二病かあ……」

「なんや、哲太。今度から中二病て呼ばしてもらうで」

おれのつぶやきをまたレオに聞き取られて、そんなことを言われた。

「お前ほんとに地獄耳だなあ」

「悩みがあるなら聞いたるで。おれはこう見えて、相談役で有名なんやで」

「まじかよ」

「うそや」

ガクッ。

「なんやガクッて。哲太は漫画みたいやなあ」

お前のほうこそ漫画だろ。さすがだ、関西人。またうわてを取られそうだったので、心のなかだけでそう言っておいた。

「どこに行ってきた？」

やっぱり肉はないのかー、と思いながら箸《はし》を動かしていると、吉村さんがたずねてきた。

「島を一周してきました」

吉村さんは満足そうにうなずいた。

「明日《あした》は天気がちょっと崩れるらしいから、海に入るなら今日がいいかもな」

そうですか、と返事をして、午後からは飛び込みでもしようかなと思った。


午後からは港の近くの浜に行った。泳げないという光圀は巨大なうきわを持ってきていて、それをふくらませるのに四苦八苦していた。

「メガネ外すとかわいいじゃん」

メガネを取って海パン姿になったレオに声をかけると、レオは瞬時に顔を赤くした。

「おっ、照れてるのか」

「うっさいわ、ぼけ」

そう言うやいなや、防波堤から飛び込んだ。

「すげえ！　お前何者だよ！　すげえ度胸いいな！」

海面から顔を出したレオが大きく手を振る。

「哲太もやってみ。気持ちええで！」

防波堤の上に立ってみる。ぐんと視界が高くなって、じりじりと恐怖がやって来る。

高い。ものすごい高いじゃないか。

「頭で考えたらあかんで。気合や、気合だけや」

びしょ濡《ぬ》れになって戻ってきたレオが言う。

「おわっ、押すなよ。おれはおれのタイミングで行くんだから」

冗談でレオに背中を押されて、まじで心臓が止まるかと思った。

ドッボーン！

またレオが飛び込んだ。すごい奴だ。あいつ、まじですげえ。

うきわにようやく空気を入れ終わったらしい光圀は、防波堤横のコンクリートの階段をおそるおそる降りて行って、足を海水にぴちゃぴちゃつけている。でかい図体《ずうたい》なのに、乙女のような仕草が笑える。

「よしっ、気合だっ！」

うしろまで下がって、助走をつけて走り出す。

タシッ。

土踏まずが、コンクリートの角をつかんだ。

「うおおぉぉっ！」

バッシャーン！

いってえ！　腹打ったあ！　と思いながら、身体が海に沈んでゆく。腕をこいで海面を目指した。

ぷはっ。

気持ちいい。腹は痛かったけど抜群に気持ちいい！

「おお、哲太、やったなあ！　でもなんや、カエルみたいやったぞ」

「うるせえ！」

平泳ぎで浜にまわって、防波堤に立つ。一度やってしまえば怖いことはなかった。怖いどころか快感だ。

「いやっほうっ！」

景気よくなんべんも飛び込む。おもしろい。最高におもしろい！

「おりゃっ！」

レオが今度は前に一回転して飛び込んだ。背中からもろに落ちたけれど、すげえ。やるじゃないか。

「かっこいい、レオくん！」

光圀がうきわにすっぽり入って言う。

おれとレオは競うように飛び込んだ。太陽が夏まっさかりで空がまぶしくて、海面がきらきらと輝いている。

レオは次々と新しい技で飛び込んでゆく。おれも負けじと前転をしたり横っ飛びをしたりして飛び込むけれど、そのたびに顔面やら脇腹やらを打ち付けて、かなり痛かった。きれいに飛び込むには、海面にたどり着く直前に、垂直体勢を保っていなければならない。

「おう、やってるな」

吉村さんだった。なかなかうまいじゃないか、と目を細める。それからおもむろに、屈伸や前屈や上体ひねりなどをはじめる。まさかと思いながらレオと見つめていると、

「じゃあ、ちょっとお手本を」

などと言って、助走位置に着いた。光圀が慌てて海から上がってきた。

「まじですか？　大丈夫ですか？」

思わず声が出る。

吉村さんがにやっと笑って、真剣な顔つきになったかと思うと、タタタンと走り出した。

タンッ！

吉村さんは天に高く飛んでから身体を丸めて、空中で前転した。そして、すっと手足を伸ばしたかと思う間もなく、海面に吸い込まれていった。しぶきもほとんどなかった。

「うおーっ！」

三人で声がそろう。

「すげえ、まじすげえ！　てか、吉村さんていくつなのよ？　ありえねえだろ」

吉村さんはすいすいと泳いで、コンクリートの階段を上ってきた。ちょっと誇らしげだ。

「かっこよかったっす！」

「おお、そうかあ？　練習あるのみだな」

「つかぬことをお伺いしますが、吉村さんて何歳ですか」

「二十四歳」

三人でしばしかたまる。吉村さんは一人で豪快に笑っている。

「じゃあな、おれはちょっと畑の作業があるから」

タオルを肩にひっかけて、吉村さんはひょうひょうと去って行った。

「シュノーケリングするなら、あっちの潮だまりがいいぞ」

吉村さんが手をメガホンにして、遠くからタオルを振る。おれたちも手を振ってこたえた。

「なんだよ、二十四歳って！」

「三十四歳ってわけもないやろなあ。四十四歳いうたら、おれのおとんとおんなじや。それもありえへん。てことは、五十四歳か？　六十四歳やったらうちのおばあちゃんと一緒やもん」

三十歳サバを読んだってことか。ふつふつとおかしくなってきて、みんなで笑った。

それから、おれとレオは吉村さんのフォームを見習うべく飛び込みを繰り返し、光圀は巨大な尻《しり》を巨大なうきわに入れて、ぷかぷかと浮かんでおれたちを見守っていた。

夏の日差しが光をばらまいていた。エメラルドグリーンの海。色濃い緑。おれは、すっかりこの土地の空気のなかにいて、頭で考えるよりも、身体は案外簡単に順応できるんだなんてことを、ぼんやり思ったりする。

「哲太くん、たそがれてる」

光圀が眼下の海からおれを指差す。

「うっせー。あとでシュノーケリングしようぜ」

「ぼく泳げないからやだなー」

そう言いつつ、足が着くところならいいよと笑顔を見せる。

おれとレオの前転飛び込みが決まったところで、場所を移した。

吉村さんが教えてくれた場所には、潮だまりがいくつもあった。岩礁の間の潮だまりは容易に足が着く。貝や小さな生き物をさがすのもたのしい。岩礁をまわると、深い潮だまりがあって、おれとレオはそこで身体ならしに泳いだり、潜ったりした。

レオは泳ぎも潜水もうまかった。おれだって、小学生時代はずっとスイミングを習っていたから得意だけど、負けず劣らずだ。小柄な身体ですいすいと機敏に泳ぐ。

小さな魚が驚くほどたくさんいた。生き物が好きなレオは興奮して、飽きることなくシュノーケリングをたのしんでいた。

おれもはじめてのシュノーケリングは、めちゃくちゃたのしかった。水中メガネをバッグに入れてくれたかあちゃんに感謝だ。旅のしたくは全部かあちゃんがやってくれた。というか、知らされてなかったんだから当然なんだけど。

海の世界は美しかった。水色の海中に空からの黄色い光が届いて、魚たちが気ままに泳いでいる。ここでは自分は部外者で闖入者《ちんにゅう》で、潜ったら息だって長く続かなくて、すぐに顔を出して空気を吸い込まなければならない。おれは必死で、そのくせたのしくて、魚たちはちょっと迷惑そうにこちらをチラと見る。

おれは今、とてつもなく自由なんだと思い知る。不思議な感覚だった。

「ちょ……、……てよ」

岩礁のほうから声がした。光圀の声だ。

いそいで岩礁のほうにまわった。レオも気付いてついてくる。

「……お願い、やめてよう」

「おいっ！　なにしてんだよっ！」

ビッグスリーたちだった。光圀からうきわを奪おうとしている。

「ちょっとうきわを貸してほしいってお願いしてただけだよ。なに熱くなってんの？」

大平だ。生意気なチビめ。

「光圀は泳がれへんねやから、うきわは貸されへんやろ」

「なんだよ、泳げないのかよ。デブだから浮くだろ？　浮いてりゃいいんだよ」

カッと頭に血がのぼった。

「おいっ！　お前らいいかげんにしろよ！」

「あんなあ、せっかくこうして知り合えたんやから、仲良くしようや」

レオの言葉に、ビッグスリーたちがゲラゲラ笑う。

「ゲロチームと仲良くやれるわけないでしょ？　頭おかしいんとちゃう？　あら、大阪の君、メガネないとかあいらしなあ」

大平が妙な関西弁であおる。レオの身体がビクッと反応したのがわかった。こぶしを握っている。いいぞ、レオ。こいつらとやり合ったっていいじゃないか。友達をばかにされて黙っていられるか。

「場所を変えようよ」

光圀が小さな声で言う。

「ぼくが泳げないせいで、二人に嫌な思いをさせちゃったね。ごめんね」

今にも泣き出しそうな、情けない顔だ。

「光圀はなにも悪くないじゃないか」

いったいどこまでお人好《ひとよ》しなんだ。おれはイライラしてしまう。怒るときは怒るべきだろ。なんで気持ちを呑《の》み込んじまうんだよ。

「哲太くん、レオくん、本当にごめんね。行こう」

光圀がうきわを片手に歩き出す。レオが唇を噛《か》んでうなずく。場所を移そうということだ。おれは大きく息を吐き出した。

「いてっ」

こつんと背中になにかが当たった。光圀もレオも声をあげて振り返る。

「あらー、まだいたんですかー？　こりゃ失礼しました」

三人がサンゴや貝や小石を拾って、投げているのだ。

「くっそお！」

足元にあった貝を手に取る。

「哲太くん、だめっ！」

「哲太、待てや」

光圀とレオの声が、同時におれを制す。

「神様の持ち物を、人にぶつけたりしたらダメだよ。バチが当たるよ」

「ほら、それ見てみ。ヤドカリやろ。生きもん投げたらあかん」

見れば、手のなかにある貝のなかにヤドカリが一匹いた。レオの目のよさに驚いてしまう。おれは手のひらにつかんだ石やら貝やらを、しずかに砂浜に戻した。この二人と一緒にいると、自分がとてつもなくガキに思えるのはなぜだろう。

「ゲロチームはほんっと弱虫ぞろいだよなあ！　つまんねえ奴ら！」

大きな声でおれたちの悪口を言うビッグスリーの声が、背中越しに聞こえた。

三時になるところだった。おれたちはいったんセンターにおやつを取りに戻った。紙袋に、人数分のサーターアンダギーが入っていた。吉村さんの手作りらしい。おれたちは、人けがないちょっと遠くの浜まで行って休むことにした。午前中にまわった浜のひとつだ。自然と光圀を真ん中にして、座った。

「なあ光圀、お前、柔道やってんだろ？　あんな奴ら簡単に倒せるだろ？」

「おれもそう思ってたわ。その耳見れば一目瞭然《りょうぜん》やろ」

光圀の両耳は、柔道をやっている人特有のつぶれ方をしていた。二人の間に入ってあぐらをかいている光圀がうつむく。

「変形しやすい耳なんだよね。ぼく柔道苦手なんだよ。小学生のとき、いじめられてたことがあって、おじいちゃんがどうしても習わせたくて通いはじめたんだけど、ぼくには合わないなあ」

ぼそぼそと言う。

「人を投げたりかけたりするの、だめなんだ。痛いだろうなって思っちゃう」

「投げられるんはええんか」

「いやだよ。痛いもん。でも投げるよりはまだましかな」

光圀の目は、白目が水色に見えるほど澄んでいることに今、気が付いた。

「やさしいんやな」

「弱いだけだよ」

光圀がうつむく。

おれはなんとも言えない気持ちになった。こんな奴が世の中に本当にいるんだという驚きと、そんなんでこの先やっていけんのかよ？　という苛立《いらだ》ちがごっちゃだった。

「頭に来ることとか怒ることとかないの？　光圀は？」

光圀はふわっと笑って、あるよう、と言った。

「でもさ、なんだかかわいそうになっちゃうんだ。こんなぼくに頭に来られるなんて、相手が気の毒でしょ。それにさ、自分が折れればいいだけだったら、そのほうが簡単だよ。ぼく基本、単純だから」

思わず言葉につまる。なんだかすごくないか？　光圀、神か？

「でかいわ」

レオがつぶやく。おれはゆっくりとうなずいた。今さっき感じた驚きと苛立ちは、光圀の器のでかさへの尊敬だったってことに気が付いた。いや、もしかしたら羨望《せんぼう》かもしれない。

「かっこええなあ」

「あは、なに言ってんの。かっこ悪いよう」

「おれ、これからの光圀の人生の幸せを願ったるわ。てか、願わせてくれや。てか、お前、実は天使なんちゃうん？」

天使のイメージと光圀の風貌《ふうぼう》のあまりの違いに、ぷっと噴き出してしまう。天使はないだろ、天使は。と思いつつ、光圀の幸せを願いたい気持ちにもなった。

「サーターアンダギーうまいな。おれたちに今必要なのは油やな」

「それと肉な！」

うんうん、と光圀がうなずく。こんな食生活じゃぼくやせちゃうよう、と笑う。日はまだまだ高い。ここから見る空は大きかった。光圀の心みたいだな、とガラにもなく思った。

夕飯はカレーだった。鶏肉が入っていたからいいとしよう。おれたちは盛大に二回おかわりをし、腹がひっくり返るくらいに満腹になった。

ビッグスリーたちは、一杯のカレーを持て余しているようだった。どうやら、おやつのサーターアンダギーのほかに、島内の店で買い食いをしたらしかった。お金は最初に吉村さんに渡したはずなのに、隠し持っていたらしい。

お店といってもおれが知っているコンビニやスーパーではなくて、ふつうの家に、品物が並べてあるだけだ。洗剤もポテトチップスもトイレットペーパーも一緒に置いてある。

ビッグスリーたちが買い食いをしたということは、すぐに吉村さんの耳に入ったらしい。人口二百人程度の小さな島では、よそ者の行動など逐一誰かの目に留まるのだ。

「腹いっぱいか?」

吉村さんは、一杯のカレーをちびちびと食べていたビッグスリーたちに声をかけたが、それ以上はなにも言わなかった。ビッグスリーたちとおれたちが、仲が良くないこともわかっているみたいだけれど、なんにも言わなかった。

その日は遊び疲れたのか、光圀のいびきが聞こえる前に眠りに落ち、その後も一度も目覚めずに、朝までぐっすりと眠った。

吉村さんの号令で目が覚めた。昨夜は早めに就寝したが、それでも眠い。気合を入れて身体を起こし、顔を洗う。夜の間に雨が降っていたようで、空は曇っていた。

「日の出は見られないかもしれないけれど、目を覚ますためにとりあえず行ってみよう」

　今日は歩きだった。ビッグスリーたちは眠気が抜けないようで、誰もひとことも話さず、幽霊のようにぼうっと歩いている。

　浜に座って東の空をぼんやりと見上げる。灰色の雲に覆われているけれど、定刻が近づくと、徐々に赤みを帯びてきた。あの雲の下には今日の新しい太陽があるんだなあと、思う。雨がさらさらと降ってきた。戻るか、と吉村さんが言い、みんなでぞろぞろと施設に戻った。

　朝食を食べている最中に、雨が上がった。空が少し明るくなっている。今日もまたレオと光圀と一緒に遊べると思うとうれしかった。なにもない島だけど、飽きることなく遊べる。昨日途中になってしまったシュノーケリングをしたい。レオもきっとそう思っているはずだ。朝食はまた老人食みたいだったけれど、よく嚙み締めれば素材の味がでてきて、おいしかった。

　ビッグスリーたちは、なぜだかまるで元気がなかった。食事もほとんど残していた。おれたちの知らないところで、買い食いをしたことを吉村さんに叱られたのかもしれない。

　掃除と洗濯をさっさと終わらせて、外に出た。空は曇っていたけれど、ときどき晴れ間が見えて、海も荒れてはいなかった。おれとレオはまた、飛び込みを阿呆《あほう》みたいに繰り返して、光圀はおれたちをうきわの上からたのしそうに眺めていた。

時間はばかみたいにあっという間に過ぎて、すぐにお昼になった。施設に戻ると、なにやら少し騒がしかった。

大淀の足に包帯が巻いてある。聞けば、転んで脛《すね》を切ったらしかった。縫うほどではないにせよ、深かったらしくかなり血も出たそうだ。この島には診療所が一軒だけある。

「痛そう。大丈夫?」

声をかけたのは光圀だ。なんてお人好《ひとよ》しなんだ、と思いつつ、おれもレオも思わず声をかけてしまう。

「あ、ああ。大丈夫だ」

大淀は青白い顔をして答えた。

午後からは、昨日思う存分できなかったシュノーケリングをした。曇ったり晴れたり、ときおり雨がぽつりと降ったりしたけれど、海は比較的穏やかだった。

三時になり、おれたちはおやつを取りに宿舎に戻った。今日のおやつはカップケーキだった。紙袋に山盛りに入っていた。

海に戻ろうと思ったとき、ちょうど大野と大平が戻ってきた。二人とも様子がおかしい。吉村さんが気付いて、慌てて二人にかけ寄る。シュノーケリングをしていたら、急に大きな波が来て、あっという間に巻かれて岩に身体を打ち付けられたらしかった。身体中傷だらけで、大平は額を打ったらしく血がにじんでいた。

吉村さんは二人を診療所に連れて行った。診療所の先生も驚いていたようだった。たった三泊のツアーに訪れた六人のうちの三人がケガをするなんて。ケガ自体はたいしたことないらしかったが、どういうわけか、そのあとビッグスリーたちはそろって熱を出した。

診療所でもらった薬を飲んで、ビッグスリーたちは、午後はずっと部屋で休むことなった。

おれたちはカップケーキとさんぴん茶を持って、さっきのシュノーケリングの浜に向かった。水色の空に、油絵具をなすったようなブルーグレーの雲が二本平行に浮かんでいる。

「ビッグスリーたちさ」

おれがまだなにも言っていないうちから、レオも光圀も大きくうなずいた。

「うん、そうとしか考えられへんやろ」

「バチが当たったんだな」

「ぼくの謝りが足りなかったのかもしれない」

「それは、ちゃうやろ」

「そうだよ、光圀。なに言ってんだよ」

おれはこの島に、ちょっとした怖さを感じていた。生き物や石を粗末に扱ったり、禁止されていた浜辺の海に乱暴に入ったり。そういうことを、この島は許さなかったのではないか。

「生きてるみたいやもんな……」

「なにが」

思わずレオに聞き返すと、「この島や」と返ってきた。

「なんや、中年のおばちゃんの、湿った腹の上におるみたいや」

「お、お前、すごい表現するなあ」

レオのたとえのリアルさに驚きつつも、言わんとしていることはなんとなくわかった。島そのものが生きて、意思を持っているような気がするのだ。

「光圀のかあちゃんの言うとおりだな。神聖な島なんだな」

おれは海に入る前に、「これから入らせていただきますよ」と、なんとなく心のなかで唱えた。レオもぶつぶつとひとり言を言っているようだった。光圀に関しては、きちんと手を合わせて目を閉じていた。

「信心深いな、おれたちは」

照れをまじえて言うと、

「いいことだよ。何事にも感謝しなくちゃ」

と光圀に言われ、ははあ、とひれ伏したくなった。

海のなかは昨日よりは少し濁っていたけれど、魚や生き物は充分に見えた。いくらでも遊んでいられた。飽きることはまったくなかった。

「明日もう帰るんやな」

カップケーキを食べながら、三人で海を見つめる。

「今回のサマーツアー、かあちゃんが勝手に申し込んでさ。おれ直前まで知らなくて、まじで来たくなかったんだけど、今は来てよかったなあって思える」

「おれも来てよかったわ」

「うん、ぼくも。哲太くんとレオくんに出会えてよかったよ」

大阪と名古屋と横浜の三人が沖縄の島で出会ったってわけだ。

「ぼくはさ、明日おかあさんがこの島に迎えに来るんだ。神様に挨拶《あいさつ》したいんだってさ」

「そうかー。うちは明日、家族みんなで那覇に来ることになってんねん。本島に二泊してから、地元に帰る予定」

「二人ともいいなあ。おれは明日そのまま横浜に帰る予定。羽田までかあちゃんが迎えに来てくれるって言ってたけど、どうだかなあ」

二人がうなずいているとき、おれの口からは思いもしなかった言葉が出てきた。

「うちのかあちゃん、再婚するって言うんだ」

言った自分が驚いた。なにを突然、女々しいことを言ってるんだ。

「そうなんや。で、哲太は反対なん？」

「わからない」

「わからへんってことは、賛成ちゃうってことやね」

波の音だけが聞こえていた。つまらないことを言ってしまったと、おれは後悔していた。

「ぼくは、哲太くんとレオくんの幸せを願うよ」

「は？」

いきなりの光圀の言葉。

「昨日、哲太くんとレオくん、ぼくのこれからの幸せを願うって言ってくれたじゃない。ぼくも二人の幸せを願うよ」

「あはは。ありがとう。お前ほんまにええやっちゃなあ」

それからおれたちは、地元の学校や友達や家族のことを話した。たのしい話題だけだ。自然とそうなった。好きな奴には、たのしい話だけをしていたい。だからおれたちはゲラゲラと腹を抱えて笑って、お互いのことをもっと好きになった。

海に入って遊んで、浜でカップケーキを食べて、また笑った。時間は瞬く間に過ぎていった。

施設に戻ると、ビッグスリーたちはまだ寝ていた。熱は下がってきたみたいだから安心した、と吉村さんが言った。

「夕食は高価なイラブー汁だよ」

おれはてっきり豚のことだと思った。アグー豚ってよく聞くからその仲間だと思っていた。イラブー豚みたいな。ところがそれはまるで違うシロモノだった。

「なにこれ？」

黒いうろこがみっちりと光っている。これってもしかして？

「ウミヘビだよ。滋養にいいからね。これを食べれば半年は風邪ひかんぞ」

うへえ。三人で同じような声を上げる。

「あかん。おれ、よう食わんわ。見た目が無理や」

レオが目をそむける。いちばん嫌がると思っていた光圀がいちばん先に箸《はし》をつけた。

「大丈夫だよ、レオくん。お魚みたいだよ。骨までやわらかい。全部食べられるよ。うん、おいしいよ」

光圀の言葉に、おそるおそるイラブーを口に入れてみる。あれ？　思っていたような感触や臭みはまったくなかった。とろりと煮込んだ缶詰みたいにやわらかい。ヘビだと思わなければいいんだ。これは魚のうろこであって、ヘビではない。そう念じて口に入れるものの、やっぱり形状はどうみてもヘビで、視覚からの印象が強烈なのだった。

「レオくん、これは絶対に食べたほうがいいよ。うんと身体にいいんだから」

「なかなかうまいよ。ブリみたいだ」

イラブー汁に手をつけようとしないレオに、おれも勧めてみた。レオは疑わしげな目でおれたちを見たあと、目をぎゅうっとつぶって汁をごくりと飲んだ。少ししてから、ぱっと目を開く。

「うまいだろ」

汁はかつお風味でいろんな旨みが出ていて本当においしい。レオが小さくうなずく。

「うろこが無理なら、汁だけでも飲みなさい。汁に栄養があるから」

吉村さんが言う。レオは汁だけを飲んで、光圀はレオのイラブーまで平らげた。おれは、これは「ブリなんだ。ブリのうろこだ」と自分に催眠術をかけながら食べきった。食べ終わったあと、気のせいかもしれないけれど、腹の底が熱くなったような、活力がわいてくるような感じがした。

シャワーから出ると、ビッグスリーたちが起き出していた。夕飯をもぞもぞと食べている。三人とも、イラブーは半分くらい残しているようだったけれど、汁はきれいに飲み干していた。

「吉村さん、キジムナーって本当にいますか？」

おでこに大きな絆創膏《ばんそうこう》をつけた大平が言う。大野と大淀がぎくっとしたように大平を見る。

「どうして？」

「なんか夢に出てきたから」

大平がつぶやくと、大野と大淀も「おれも」と怖々と言った。

「赤い髪の小さい奴らがおれのまわりをぐるぐるまわりながら、浜に埋めようとするんだ」

大野と大淀も、同じような夢だったらしくうなずいている。

「さては、ガジュマルの木でもいじったか？」

吉村さんが笑う。図星らしく、三人は下を向いてもぞもぞしている。

「この島の木も植物も生き物も石も砂も、みんな神様のものなんだ。わたしたちはただ貸してもらっているだけ。だから敬意を払わなくちゃいけないんだ。最初に言っただろ？」

しかつめらしく三人はうなずく。

「神様はいつでも見てるんだ。誰も見てなくても神様はちゃんと見ている」

神様ってのはなんだろうな、とふと思う。形は見えなくてもいるってことか。昼の月や夜の太陽みたいなものだろうかと考える。そういえば昔よく、おばあちゃんに「お天道様《てんとう》が見てるよ」と言われたっけ。

最後の夜、みんなで花火をした。ビッグスリーたちはケガをしたり熱を出したりしたせいか、これまでの自分たちの行動をなんとなく反省した様子で、おとなしかった。

「ちょっと、はしゃぎすぎただけだったんだよな」

と、肩でも叩《たた》いてやりたかったが、むろんそんなことはできるはずもなく、おれたちは少しだけビッグスリーに同情して、少しだけ気の毒に思って、少しだけ好きになった。

夏なのに、夜空にはたくさんの星が見えた。明るい星って冬しか見えないもんだと思っていたけど、ここではこんなに見える。レオは星座にも詳しくて、いろいろ教えてくれた。ビッグスリーたちが神妙な顔で、レオの話を聞いているのがおかしかった。

翌朝の朝日はとてもきれいに見えた。オレンジ色が放射状に広がって、海を満たした。光圀が手を合わせたのを見て、おれとレオも真似をした。するとビッグスリーたちも手を合わせて、なにやら熱心にお祈りをしているようだった。謝っているのかもしれない。

それからは慌ただしかった。昨日の夜のうちに干した洗濯物を取り込んでバッグにしまい、部屋の掃除をした。そうこうしているうちに、光圀のおかあさんがやって来た。光圀に紹介されて、おれとレオは少し照れた。だって、「大好きな友達だよ」なんて、中二にもなって母親に言う奴がいるか？　なんて、実はおおいにうれしかったんだけど。

三泊四日なんてあっという間だった。あと一週間くらいいたっていい。昼前のフェリー。乗り込むときに、光圀が酔い止めを出してきたのには、びっくりした。

「来るときには飲むの忘れてたんだ。どうぞ」

ガクッときたけど、光圀らしい。ありがたく頂いた。

「光圀、またな。また会おうな」

光圀に大きく手を振る。光圀はとてもたのしそうに笑っていた。あいつは、いつだって笑ってるんだ。大きな身体のやさしい心の持ち主。出会えてよかった。

酔い止めをもらったけれど波は穏やかで、フェリーもあまり揺れなかった。きらめく紺色の海がどこまでも続く。島がどんどん離れてゆく。

「ちょっとさみしいな」

「ほんまやな」

「あっ、光圀の連絡先聞かなかった！」

「あちゃー」

おれとレオは、吉村さんから返してもらったスマホで連絡先を交換し合った。港にはすぐに着いてしまった。そこから那覇空港までは、来たときと同じ車を吉村さんが運転した。空港まではあっという間だった。

空港にはレオの家族が迎えに来ていた。一年生くらいの弟と妹がレオにまとわりついて騒いでいる。大野と大淀の家族も迎えに来ていた。直接家まで戻るのはおれと、札幌の大平だけらしい。

ここで解散だ。吉村さんが挨拶《あいさつ》をする。おれとレオは握手をした。固く強い握手だ。

「たのしかった。どうもありがとな」

「なに改まってんねん。ほなな。おかん大事にしてやりや」

レオはそう言って、おれの肩を叩いた。

「またな。連絡する」

「おう、またな」

去っていくレオを見送りながら、ぼうっとしているおれの背中を吉村さんが叩く。

「どうだ、たのしかったか?」

「はいっ、とてもたのしかったです!」

おれは胸を張って答えた。光圀とレオにいつかどこかで会えたらいいなと思った。

そのくせ、自分からはきっとレオに連絡を取らないことも知っていた。おそらくレオも同じように思っていることだろう。連絡先は、お守りのようにとっておこう。

羽田行きの飛行機に乗り込む。空港でうれしそうな顔で手を振るかあちゃんの顔が目に浮かぶようだ。おれも元気よく手を振り返そうと思う。どうもありがとう、たのしかったよと、お礼を言おう。

そうだ。遠い昔、クリスマスツリーに綿の雪を一緒につけたのがとうちゃんだったのかを聞いてみよう。それから少しだけ、かあちゃんの幸せを祈ってやろう。おれの夏はまだまだこれからだ。

真夏の動物園

瀧羽麻子

瀧羽麻子（たきわ　あさこ）
1981年兵庫県生まれ。2004年京都大学卒業。07年、『うさぎパン』で第2回ダ・ヴィンチ文学賞大賞を受賞。他の著書に『株式会社ネバーラ北関東支社』『左京区七夕通東入ル』『左京区恋月橋渡ル』『はれのち、ブーケ』『オキシペタルムの庭』『白雪堂化粧品マーケティング部峰村幸子の仕事と恋』『いろは匂へど』『ぱりぱり』など。

アーケードの下は、びっくりするくらい混んでいる。ゆったりした袖《そで》なしのワンピースを着て買いものかごをさげた老女、ばかでかいバックパックをかつぎカメラを握りしめた外国人、かしましく喋《しゃべ》り続ける若い主婦の集団とその子どもたち。通行人でごったがえしている通路の両側には、雑多な店が延々と続いている。洋品店とコーヒーショップが並んでいる向かいはゲームセンターで、その奥にはみやげもの屋、靴屋にドラッグストアにラーメン屋もある。店の雰囲気も陳列してある品物も、まるで統一感がない。

失敗した。

人ごみの中をのろのろと歩きながら、隆文《たかふみ》は思う。首筋を汗が流れ落ちる。直射日光を避けて屋根の下へ逃げこんだつもりが、風が通らない分、かえって外よりも蒸し暑い。地元の閑散とした商店街とはわけが違うと頭ではわかっていたのに、ひさしぶりだとやっぱり勘が狂うものだ。

「せんせー」

甲高い声が聞こえた気がして、立ちどまった。

「こっち、こっち」

さらに何人かの声が、コーラスみたいに重なった。周りをぐるりと見回して、斜め前のアイドルショップの店先に、見覚えのある制服姿を見つけた。半袖《はんそで》の白いブラウスにあずき色のリボン、グレイと深緑のチェックのプリーツスカート。四人全員が、アイドルタレントの顔写真が入ったうちわをさかんに振り回している。

隆文は観念して近づいた。そっと立ち去るには彼女たちの声は大きすぎたし、逃げ出そうにもこの人ごみでは身動きがとれない。変にへそを曲げられて、きらわれても困る。生徒にとって空気のような存在になりたいと、隆文は常々願っている。愛されず憎まれず、目立たず波風も立てず、ゆるやかな友好関係を保っておくのが、面倒に巻きこまれないための秘訣《ひけつ》だ。

「ねえねえ写真撮って、写真」

リーダー格と思《おぼ》しき背の高い女子がなれなれしく言い、ごてごてとデコレーションがほどこされた携帯電話をよこした。

ずしりと重い電話をかまえて隆文は後ずさった。ある程度は離れないと全員をファインダーにおさめられない。ランニングにサンダルばきの中年男が、じゃまだと言いたいのだろう、聞こえよがしに舌打ちをしてわざわざ前を横ぎっていく。舌打ちをしたいのはこっちだと言いたいのをこらえ、隆文は男が視界からはずれるのを待つ。

　相変わらずぎゃあぎゃあ騒いでいた生徒たちは、カメラを向けられたとたんに皆そろって顎《あご》を引き、両目を見開いた。上目遣いのせいか、四人ともほとんど同じ顔に見える。そんなことをしてもたいして変わらないのに、と言いたくなり、これまたこらえる。恰好もあかぬけない。スカート丈が極端に短いのはおしゃれのつもりなのだろうし、太ももを気前よく見せているのも本人たちの自由といえば自由ではあるものの、どうもやぼったい。それに、残念ながら我が校の生徒は、この四人も含めて全般にぽっちゃりしすぎている。

　もっとも、足の太さはもちろん、校則違反だのなんだのとややこしいことを言うつもりはない。そこまでひまでも親切でもない。

　女子校の教師という職業は、男友達からはからかい半分にうらやましがられるが、お望みならいつでも替わってやりたい。全然いいものなんかじゃないのだ。普通の会社勤めのほうが、よっぽどうらやましい。

「こっちもお願い!」

「あたしのも、あたしのも!」

　ひとつ撮ったと思ったら、残る三人からも次々に頼まれた。四回の撮影が終わった後は、それぞれ小さなモニターをのぞきこんではしゃいでいる。すれ違う人々が眉《まゆ》をひそめてちらちらと見ているのはおかまいなしだ。無言の非難が生徒たちだけではなくこちらにまで向けられているようでいたたまれず、隆文は身を縮めて目をふせる。

「先生、ありがとー」

手を振る生徒たちから逃げるように別れ、目についた細い路地に入ると、だしぬけに周囲はひっそりと静まった。屋根が途切れ、雲ひとつない青空から太陽がじりじりと容赦なく照りつけてくる。あまりの熱気に頭がくらくらした。

本当に、失敗した。なにか理由をつけて断ればよかった。この街の夏が尋常じゃなくきついのは、十年以上も前から知っている。いやがらせみたいに暑いし、どこもかしこも混雑している。

京都と聞いて、つい心を動かされたのが間違いだった。


なに、気楽なもんですよ、と校長はにこにこして言った。

「引率っていってもほとんどが自由行動ですから。空き時間はのんびり観光でもしてきて下さい」

勤務先の中学では修学旅行が二年の夏休みにあるというのは、隆文も知っていた。ただし基本的に中二のクラスの担任教師が引率するので、選択授業しか受け持っていない美術の非常勤講師にとっては縁のない話だった。名ばかりの顧問をやっている美術部の部員たちとの雑談の中で、あるいは職員会議の議題として、たまに耳にすることはあっても適当に聞き流していた。職場で得られる情報の大半は、そうやって隆文の頭の中を右から左へ素通りしていく。二年五組の担任がこの夏から産休に入るという話も例外ではなく、ふうんと思っただけでとっくに忘れていた。

「せっかくのお休み中に申し訳ないんですけど、頼めそうな先生が他に誰も見つからなくてね」

二学期から来るはずの代理教員も、七月中はどうしても都合がつかないという。他の教師も考えてはみたが、女性教師は家族の世話もあって長く家を空けづらい場合が多い。あまり年輩だと真夏の旅は体力的に厳しい。女子校ではもともと少数派である若手の男性教師は、たいがい運動部の顧問をやっていて、試合やら練習やらで忙しい。検討の結果、三十代半ばで、部活動に時間を割くでもなく家族も持たない隆文に、白羽の矢が立ったようだった。

「消去法ですか」

客観的に見ても、確かに不利な状況だった。

「いや、別にそういうわけじゃないんですけどね」

校長はばつが悪そうに苦笑して、思いついたように言い添えた。

「そういえば先生、京都出身だったでしょう」

いいことを思い出したとばかりに、身を乗り出して続ける。

「こっちで働いていたら、なかなか遊びに行く機会もないじゃないですか。せっかくだから楽しんできて下さいよ」

いきなり言われて、たじろいだ。あまり親しく話したこともない校長が、そんなふうに言い出したのは意外だった。第一、隆文は生まれも育ちも信州である。京都で暮らしていたのは大学時代だけだ。

「ほら、いろいろ思い出があるって、前にも話してくれたじゃないですか。なつかしいでしょう?」

そこでやっと、校長がなぜ勘違いしているのか、腑《ふ》に落ちた。

三年前の校長との面接は、京都の話に終始したのだった。理由は簡単で、それ以外に語るべき過去も経験も思い浮かばなかったからだ。京都での四年間は、これまでの人生で最も濃密な時間だった。高校までの冴《さ》えない日々と、さらにぱっとしない社会人生活に挟まれた、唯一の光り輝く美しい時代だった。その舞台となった京都は、もちろん隆文にとって特別な場所である。高校生のときはひたすらあこがれ、卒業後もずっと思い出を反芻《はんすう》し慈しんできたことを考えれば、もう二十年近くも特別な場所であり続けている、ともいえる。

結局、隆文は校長の打診を承諾した。そもそも消去法で残った最後の選択肢である以上、断るわけにはいかなかった。打診というより業務命令に近い。

校長に指摘されたとおり、京都に来るのはひさしぶりだ。

細い道沿いにはぽつぽつと店が開いている。古めかしい町家が建っているかと思えば、近代的な建物もまじっている。御幸町《ごこまち》通、麩屋町《ふやちょう》通、富小路《とみのこうじ》通。標識に記されたどこか風雅な通りの名は、うっすらと記憶に残っている。

歩を進めるうちに、気分はだんだん持ち直してきた。人ごみから解放されたせいか、それとも、ひっそりと静かな街並が昔の印象とようやく重なりはじめたというのもあるだろうか。柳馬場《やなぎのばんば》通を過ぎ、堺町《さかいまち》通を越え、まっすぐ西へと歩き続ける。依然として陽ざしは厳しいものの、新京極《しんきょうごく》の雑踏に戻るのは気が進まない。下手に繁華街をうろついていたら、また知っている顔に出くわしかねない。

とはいえ、たまに生意気な女子中学生にいらつかされる以外は、引率の仕事は思いのほか楽だった。五日間の行程のうち、到着した初日の午後とその翌日は、バスで市内の主な観光名所をめぐった。三日目は嵯峨野《さがの》へ連れていかれた。他の担任教師たちは、たえまなく続く騒動——トイレ行きたい、昼を食べた食堂に化粧ポーチを忘れてきた、車酔いで気持ち悪い、携帯電話が行方不明、もっかいトイレ行きたい——への対処で大わらわだったらしいが、二年五組の生徒たちは、日頃ほぼ接点のない降文への遠慮もあるのか、わりとおとなしくしていた。

今日から二日間は、完全に自由行動となっている。朝食を済ませた後は、夕方五時に旅館に帰るまでは、なにをしてもいい。生徒も、隆文たち教職員も。

自由時間をどのように過ごすか、隆文は決めていなかった。誰かに連絡してみようかと考えてはみたけれど、ひとりも思いつかなかった。卒業して以来、京都には何度か知りあいの結婚式のために来たきりで、それも数年前にはとだえている。大学時代に親しかった友人たちは、かつての隆文のように上京していたり、あるいは今の隆文のように地元へ戻っていたりで、もう残っていない。

それなのに、ゆうべ同僚たちから予定をたずねられたとき、ちょっと昔の友達にでも会おうかと思って、と隆文は答えてしまった。

一組から四組の担任はすべて女性で、二十代から五十代までひとりずつと年齢はばらけているのに、とても仲がいい。会話の端々から察するに、やっかいな保護者や面倒な生徒との闘いをともにくぐり抜けていく中で、そうとう強固な連帯意識が育まれているようだった。みんな気のいいひとたちで、飛び入り参加の隆文を仲間はずれにするでもなく、むしろあれこれ気を遣ってくれている。貴船《きぶね》の料亭で鱧《はも》を食べるという企画にも、誘ってくれた。でも、三日間たっぷり手のかかる生徒たちの相手をした彼女たちがようやく水入らずで羽を伸ばそうというときに、のんきに割りこむのはためらわれた。

つまらない気なんか回さないで、素直に連れていってもらえばよかっただろうか。手の甲で汗を拭《ぬぐ》いながら、隆文はちらりと悔やむ。じゃあ先生も楽しんできて下さいね、と言われては宿に居残るわけにもいかず、この暑い中をひとりであてもなくさまようはめになってしまった。

東洞院《ひがしのとういん》通の手前で限界を感じ目についたチェーンのハンバーガーショップに入った。昼前の中途半端な時間帯なのにけっこう混みあっているのが自動ドア越しに見えたが、贅沢《ぜいたく》は言えない。しかしふらつく足でドアをくぐった瞬間に、そんなことは気にならなくなった。店内は天国みたいに冷房がきいていた。

最初からこうすればよかったのか。心地よい冷気にさらされ、目が覚めたような心地で、思う。なにも必死に炎天下を歩き回らなくても、屋内で時間をつぶせばいい。文庫本でも買って、のんびりコーヒーを飲みながら夕方まで過ごそう。確か三条烏《さんじょうからす》丸《ま》のあたりに大きな書店があった。自宅の近所と違って、このあたりにはやたらと喫茶店が多いから、行き場所にはたぶん困らないはずだ。

学生時代にも喫茶店にはよく通った。隆文は京都でコーヒーの味を覚えたのだ。大学に程近い北白川《きたしらかわ》の渋いコーヒー専門店や、鴨川《かもがわ》沿いに建つ風通しのいいオープンカフェに、ひとりでぶらりと入ることもあったし、仲間たちと一緒のこともあった。連れがいれば、何時間でも話していられた。

まずは腹ごしらえ、それから本屋。考えをめぐらせつつ、注文の列に並ぶ。旅館で朝食はしっかり食べてきたのに、この暑さで体力を消耗したのか、かなり腹がへっている。ポテトとドリンクのついたチーズバーガーセットを頼み、番号の書かれた旗とコーラのカップがのったトレイを受けとった。

席を探そうとイートインのスペースを見回して、ぎょっとした。またしても見知った制服姿が、隅の二人席にひとりぽつんと座っていた。

目が合うと、相手はびくりと肩を震わせてうつむいた。こちらをうかがっていたようだった。隆文はトレイを持ったまま立ちすくんだ。見て見ぬふりをしてしまいたいけれど、ここで無視するのはいくらなんでも不自然すぎる。しかも間の悪いことに、テーブルはすべて埋まっている。どの道、どこかに相席を頼まなければいけない。

しかたなく、彼女のテーブルへと近づいた。座っていいか、と呼びかけようとして、気づいた。この子の名前がわからない。

正面に座った、隆文がコーラをちびちびと飲んでいる間、生徒はじっと目をふせていた。彼女の前に置かれたカップはすでに空っぽだった。テーブルの端に書店のカバーがかかった文庫本が置いてある。

時間をかけてコーラを飲み干してしまった後も、食べものは一向に運ばれてこない。

隆文はいよいよ手持ちぶさたになって、しぶしぶ口を開いた。

「なにしてるの」

「休憩です」

生徒が下を向いたまま、ぼそりと言う。

「友達は？」

ふたつめの質問を、隆文はあまり深く考えずに口にした。だから、きっぱりした口調で答えられて、面食らった。

「いません」

旅行中は四、五人での班行動が原則になっている。ただし自由行動の日に関しては、必ずしも班単位で動くように強制はできない。そのへんはすごくデリケートな問題なんですよ、と他の教師たちは口をそろえていた。すべての班が日頃の仲よしグループとぴったり一致しているわけではない。二人ずつの親友どうしがくっついてひとつの班になっていたり、逆に六人グループが二手に分かれていたり、いろいろ複雑なのである。さらに、ひとりだけ余ってしまった者もどこかの班に吸収させなければならず、事前の班分けは毎年そうとう大変らしい。

「ごめん」

聞いてはいけないことを聞いてしまった気がした。生徒がはじかれたように顔を上げた。おかっぱのつやつやした黒髪が揺れた。

「別にいいです」

淡々と言い、腕を組んで隆文を見すえる。やせた小さな顔にふつりあいなほど大きな目が、眉《まゆ》にかかる長さに切りそろえた前髪でさらに強調されている。先ほどの四人組のように上目遣いで無理に見開かなくても、逆にこうして目をすがめ顎《あご》をこころもち上げていても、十分なサイズが保たれている。しかし美人の条件として多くの女性が血道を上げている目の大きさが、どういうわけか彼女の場合は、愛らしいというより痛々しく見える。

難民救済のポスターを、なぜか連想した。どこか貧しい国の子どもが、なにか悲惨な現実を懸命に訴えかけてくるやつだ。目の前の生徒は悲しそうでも苦しそうでもなく、どちらかといえば挑戦的とも表現できそうな表情を浮かべているにもかかわらず、そんなふうに感じるのは奇妙なことだった。

「先生は？」

「ああ、僕もちょっと休憩だけど」

冗談めかして生徒の言いかたをまねてみた。隆文なりに気まずい空気を和らげようと試みたつもりだったのに、

「ふうん」

と小馬鹿にしたような相槌《あいづち》が返ってきて、一気に鼻白んだ。

一緒にするなよ、おれは友達がいないんじゃない。好きで単独行動をしてるんだからな。子どもに張りあってどうするんだと思いながらも内心で反論してから、ふと思いつく。もしかしたらこいつもおんなじことを言うかもしれない。わたしはひとりでいたいから、ひとりでいるんです。ほっといて下さい、と。

その気持ちは、わからなくもない。隆文も中学生のときは常にそう考えていた。もっと言えば高校生のときも、小学校のときだってそうだった。

いじめられていたわけではない。でも、とにかく友達がいなかった。できなかったのではなく、自ら望んで作らなかったのである。田舎の学校には、親しくなりたいようなおもしろい人間など誰ひとりいなかった。

「なに笑ってるんですか」

彼女が仏頂面で言った。最初の緊張が解けてきて、隆文は若干くだけた口調で続ける。

「午前中はどっか行った？」

「いいえ」

「え、じゃあ朝からずっとここにいるわけ？」

「はい」

「京都ははじめて？」

「はい」

せっかく話し相手になってやろうと思ったのに、会話はまったくはずまない。隆文はまただんだん白けてきた。

「きみは……」

それでも努力して話題を探そうとしていたら、にこりともせずにさえぎられた。

「川野《かわの》です」

名前が出てこないのはばれていたらしい。そのくせ親しげに話しかけていたのが今さらきまり悪くなって、隆文は空の紙コップをもてあそぶ。

「先生」

しばらく経ってから、川野が口を開いた。さっきよりも声がやわらかい。名乗ったことでいいぐあいに力が抜けたのかもしれない。

「なんだ？」

居心地の悪い沈黙が破られたことにほっとして、隆文は応じた。

「お名前は？」

と、川野が言った。

外に出ると、陽ざしはさらにきつくなっていた。

「暑い」

川野が心底うんざりした声を出した。隆文は返事をせず、黙々と烏丸通の方向へ足を運んだ。こっちだって負けず劣らずうんざりしている。

チーズバーガーを食べ、コーラのおかわりを飲んだ後、一緒に来るかと川野に聞いてみたのは、どうせ断られるだろうとたかをくくっていたからだった。たずね返されるなんて、予想もしてみなかった。

「どこに行くんですか？」

思いもよらない返答に動揺し、正直に答えてしまった。

「本屋に行こうかと思って」

「本屋？」

川野がわずかに眉を寄せた。

「せっかく京都に来たのに？」

せっかく京都に来て、半日もハンバーガーショップでぼんやりしてたのはどこのどいつだ。隆文は心の中で毒づき、勢いで続けた。

「じゃあもっと京都らしいところにするか？」

「京都らしいところ？」

川野が疑わしげに聞き返した。本当にそんなところを知っているのかと言わんばかりなのがまた小憎らしい。

「昔、京都に住んでたんだよ。穴場とかも知ってるよ」

隆文は言った。二十も年下の子ども相手にどうしてむきになっているのかは判然としなかった。ただ明らかに、この生徒にはひとの神経を逆なでするところがある。一瞬でも川野と昔の自分を重ねあわせたことを、ひそかに後悔した。おれはここまで感じ悪くはなかったはずだ。周りから疎まれてもいなかったはずだ。

「穴場？」

川野がまたもや不審そうに繰り返した。こいつは同級生に対してもこんな調子なんだろうな、と隆文はすでに確信していた。だからこそ、自由行動の日にひとりぼっちで時間を持て余しているんだろう。

「おう、穴場だよ。おれが特別に案内してやるよ」

もはや売り言葉に買い言葉に近かった。教師然とした口ぶりをとりつくろうのも忘れていた。穴場といって思いつくのは、五山の送り火がきれいにのぞめる大学校舎の屋上、しじゅう仲間とつるんでいた安居酒屋、市民の憩いの場となっている鴨川デルタ、といったところで、どれも修学旅行生を連れていくのにふさわしい場所ではなさそうだという事実にも、その時点ではまだ気づいていなかった。

「穴場」はどれも、大学の仲間から教わった。

京都の美大に入ったのを機に、念願のひとり暮らしをはじめた当初、隆文はとにかくわくわくしていた。ださい田舎をようやく抜け出し、新旧の文化が溶けあう洗練された街で、めくるめく新生活を送るはずだった。街そのものだけじゃない。暮らしている人間だってレベルが違う。自分と同じような知性とセンスにあふれた学生たちと、篤い友情を育むつもりだった。

ところがいざ大学に通いはじめて勘違いを悟った。

田舎とはレベルが違う、というのはそのとおりだった。同じ学部のクラスメイトたちは、隆文の期待したとおり、確かに知性とセンスを兼ね備えていた。問題は、彼らのレベルが隆文のそれをはるかに上回っていたことだ。

それまでずっと、おれは周りとは違うんだ、と信じてきた。抜きんでた才能と感性を持っていると自負していた。余裕を持って下界を見下ろしてきたのに、それが急にくるりと逆転したのだった。京都では、隆文は指をくわえて見上げる側だった。知識が豊富で服装もあかぬけていて、まだ卵とはいえどこか芸術家然とした雰囲気を漂わせている同級生たちに囲まれ、愕然《がくぜん》とした。

なにしろ知らないものが多すぎた。クラスメイトが好きだと挙げる名前のほとんどが初耳だった。アキ・カウリスマキもレイモンド・カーヴァーもカンディンスキーも知らなかった。足りなかったのは、芸術に関する専門知識だけではない。自分が世間知らずであり身の程知らずであり、とにかく無知のかたまりだったことを、入学早々にさんざん思い知らされた。

　すっかり意気消沈した隆文に、しかし同級生たちは優しかった。京都のローカル誌でアルバイトをしていたカオリは仲間うちで一番の情報通で、京都美術館の展覧会やら市内のミニシアターで行われる北欧映画祭のイベントやらに誘ってくれた。四畳半のぼろアパートの、四方の壁をびっしりと本棚で埋めていたユウタには、おすすめの小説や画集を貸してもらった。チェロ弾きのシュウは、京大西部講堂で開かれるライブによく連れていってくれた。彼自身も出る、窒息しそうに狭いライブハウスでのジャズ公演は、カオリやユウタも含めた仲間みんなで聴きにいった。

　お情けかよ、とはじめは卑屈になったりもしたけれど、そのうちに発見した。真にレベルが「上」の人間は、「下」を同情も軽蔑《けいべつ》もしない。というか、その差を意識などしていない。カオリもユウタもシュウも、ただ単純に純粋に、好きだと感じるものを他人にもすすめているのだ。ぐずぐずと境目にこだわるのは、まさにその境界付近をうろついている者だけなのだった。

　そう気づいてしまうと、くよくよ思い悩んでいるのがばかばかしくなった。そしてようやく、同級生たちの好意を素直に受けとめ、感謝できるようになった。

この街で、ここで過ごした四年間で、自分は変わったと隆文は思う。

「絵、好きか」

川野を振り向いて、たずねた。

「なんで？」

川野が目をみはった。口も半開きになっている。慇懃な川野が敬語を忘れるほど驚いているらしいことに逆にびっくりして、隆文はおずおずと聞き返した。

「なんでって、なんで」

「なんでいきなり、絵？」

「だって一応は専門だし」

「専門？」

川野はしばらく左右に目を泳がせてから、頓狂《とんきょう》な声を上げた。

「ああ、先生の？」

「おれ、まじで存在感ないのな」

隆文は脱力してつぶやいた。

「ごめんなさい」

川野は神妙に頭を下げて、絵は好きです、とゆっくりと確かめるように言った。

岡崎《おかざき》の裏路地にひっそりと店を構える、ギャラリーを兼ねた喫茶店は、十五年前とちっとも変わっていなかった。いつも自転車で来ていて、バスを使ったことなどなかったので、どの停留所で降りるか少し迷った。窓から見覚えのある二階建てのビルを見つけて、隆文はあわてて降車ボタンを押した。

地下に続く階段を下り、重い木のドアを開ける。店内はほの暗い。マスターが古道具屋で買い集めてきたというテーブルも椅子も、磨き抜かれた飴色《あめいろ》のカウンターも、すべてが店に溶けこんでいる。壁全体には大小の額が飾られている。水彩画も油絵もある。そこら中に置かれた間接照明が、絵の中の風景にあたたかな黄色い光を添えている。マスターの趣味が変わっていなければ、ほとんどが無名の若い画家の、しかし可能性のひらめきを感じさせる作品のはずだ。カオリの絵も、かつてここに飾られていたことがある。客の姿がないのも相変わらずだった。カウンターの向こうで迎えてくれたマスターも、髪だけはちょっと白っぽくなっているものの、記憶とほとんど違いはない。

テーブル席に案内され、注文を聞いてもらった。カウンターの内側に戻ったマスターがミルのスイッチを入れ、派手な音が響き渡る。川野が席を立った。壁の絵を一枚一枚なめるように眺めながら、店内を一巡する。

「いいところですね」

コーヒーを運んできたマスターと入れ違いに席へ戻ってきた川野は、かすれた声で隆文にささやきかけた。

「でも、なんか緊張します」

川野の言いたいことは、隆文にもわかった。大学に入りたての頃に先輩がここへ連れて来てくれたときには、感激した。地元には、たとえ近隣地域では一番の「都会」とされている隣の市の繁華街にさえ、決して存在しないタイプの店だった。

「もし近所にあったら、毎日通いたいです」

川野が仮定法で断言した。

「近所にはないだろうな」

なんというか、一見無造作なようで隅々まで計算しつくされたこの雰囲気は、かたちだけなぞって再現できるものではない。アンティーク家具や照明を配し、しゃれた食器にこだわり、何種類ものコーヒー豆をそろえたところで、店に満ちる空気の色までは塗り替えられない。

「それは、そうですけど。夢をこわさないで下さいよ」

川野が唇をとがらせ、カップを手に取った。青い鳥の模様が入っている。しかつめらしい顔ばかりしているせいかおとなびた印象があったが、華奢《きゃしゃ》なカップを大切そうに両手で抱えている様子は年相応に見える。

「うまい？」

「はい」

いったんうなずいたものの、川野はすぐにカップから口を離した。かわりに水をごくごくと飲んでいる。

「大丈夫？」

「はい」

川野は再びうなずき、カウンターのほうにちらと目をやってから、声をひそめてつけ加えた。

「本物のコーヒーは苦いんですね」

わかる、とまたしても思ってしまった。隆文も京都に来るまで、コーヒー牛乳とコーヒーの区別がついていなかった。

「ミルクと砂糖、頼もうか？」

「いいです、おいしいです」

川野がぶんぶんと首を振り、カップに口を寄せる。

「ゆっくり飲んだらいいよ」

声をかけ、隆文もコーヒーをひと口飲んだ。濃い香りが口から鼻に広がった。こっちのカップにはピンクの象が描かれている。

会話が聞こえてしまったのか、単に川野のグラスが空になっているのが目にとまったのか、マスターが水を注ぎにきてくれた。

「ありがとうございます」

川野が律儀に礼を言った。

おれたちって、どんなふうに見えてるんだろう。遅ればせながら、気になった。制服を着ている川野は一目瞭然《りょうぜん》として、自分はちゃんと教師に見えているだろうか。未成年に手を出す中年男と誤解されるのは勘弁してほしい。

隆文の心配を、川野はあっさり却下した。

「それはないんじゃないですか、そうですね、親戚《しんせき》とか？　あ、もしかして親子？　でもそれだと敬語で喋《しゃべ》ってるのはおかしいですね」

犯罪者よりはましにしても、父親に見えるというのも、それはそれで傷つく。年齢的にもありえなくはないのだと思いあたり、よけいに気がめいった。二十歳過ぎで子どもができていれば、中学生の娘がいてもおかしくない。そういう年齢構成の家族も地元では特段珍しくない。

「ま、いいじゃないですか、そんなことは」

川野は一方的に話を切りあげると、芝居がかったため息をついた。

「それにしてもこのお店、最高ですよね。ああ、このままずっと京都にいたい。帰りたくない」

ずっとここにいたい、帰るのはいや。このせりふもまた聞きようによっては微妙だよなと考えつつ、

「まあそう言うなよ」

と隆文は応じた。

「だって、なにもかも平凡でつまんなくて。毎日たいくつで死にそうです」

川野が恨めしそうに訴え、肩をすくめてみせた。警戒心をむきだしにしていた先ほどとは別人のように、身ぶりも表情もどんどん大げさになっている。もしかしたらこっちが本来の姿なのかもしれない。

「先生もそうだったんでしょう?」

この小生意気な、親子ほど年の離れた教え子は、どうやら隆文を仲間と認めたようだった。

なんだかなあ。隆文は返事を保留して、またひと口コーヒーをすする。不愉快ではない、でもまさかうれしいわけでもない、どっちつかずのふわふわと中途半端な心持ちだった。くすぐったい、と表現するのが、一番しっくりくるだろうか。

「京都の大学で、絵を勉強してたんですか」

「そうだよ。すぐそこの美大に通ってた」

「美大？　わ、すごいですね」

「うん、まあ、ちょっとアブラをね」

はじめて示された敬意に気をよくして、隆文はわざと専門用語を使ってみる。川野がテーブル越しに身を乗り出した。

「油絵ですか？　どんな感じの？　人間？　風景？　それとも抽象画？」

矢継ぎばやに質問する。さっき壁の絵を見て回っていたときの食い入るようなまなざしも思い起こし、隆文はたずねた。

「絵、描くの？」

「はい。あんまりうまくないですけど。親が昔やってたらしくて、家にいろいろ道具もあって」

川野は一息に説明し、首をかしげた。

「どうしました？　あたしが描いてるって、変ですか？」

「いや、美術選択だったっけと思ってさ」

言葉を濁したのは、直接教えているのに覚えていなかったのだとしたらさすがに失礼だろうと考えたからだったが、川野は勢いよく首を横に振った。

「違います。あんな田舎の学校で習ったって意味ないし」

隆文は絶句した。その顔を見て川野はぱっと口をおさえ、

「あ、すみません」

と言い添えた。わざと挑発したわけではなかったらしい。腹が立つというよりも笑えてきて、隆文はゆるく首を振った。

「でももったいないですね。せっかく京都の美大を出てるのに」

川野なりに、慰めてくれているつもりのようだった。隆文は答えあぐね、口を何度か開いたり閉じたりしてから、かろうじて言った。

「そうでもないよ」

川野は誤解している。

隆文よりもよほど才能に恵まれていた仲間たちの中にも、画家や彫刻家や、いわゆる芸術家として身を立てている者はいない。美術やデザインに関わる仕事に携われていることすら少ない。大半が普通の会社員としてなんの関係もない職種についている。カオリのように家具の商品企画という仕事なら、美大卒という経歴を活かせる部分も多少はありそうな気がするが、損害保険会社に勤めるユウタや自動車メーカーの営業をしているシュウは、日々の仕事と大学の専攻はほぼ重ならないだろう。

この街は、ここでの四年間は、隆文を変えた。同じように、たぶん他の友人たちも、多かれ少なかれ特別で貴重な時代を過ごしていたに違いない。

でも、四年間は四年間だ。いつまでも大学生でいるわけにはいかない。

何日も徹夜して描いた卒業制作を、表現方法についての青くさい議論を、誰かの下宿でのこぢんまりとした飲み会を、古いアルバムをめくるように隆文は思い出す。いつになく感傷的な気分がこみあげてくる。あのときは毎日が夏みたいだった。ぎらぎらと暑苦しい太陽に照らされ、汗だくになって走り回っていた。

「先生？」

目の前につきつけられている物体に焦点が合わず、隆文はまばたきを繰り返した。青い鳥が像を結ぶまでに、数秒かかった。羽ばたいている小鳥たちの向こうで、コーヒーを飲み終えた川野が得意げに鼻の穴をふくらませていた。

最初の緊張も忘れて、すっかりくつろいでいるようだった。その図太さに、隆文は半ば感心し、半ばあきれる。ちょっとうらやましいような気もする。でも一方では、憐《あわ》れむような気持ちもわいてくる。

「ああ、早くおとなになりたいな」

十四歳では、理解できるはずもない。まだ夏さえもはじまっていないのだ。がんばったってどうにもならなくなる季節がくるなんて、想像すらつかないだろう。

夏は、いつか終わる。そして冬がやってくる。しかも真冬だ。氷に閉ざされた寒々しい季節が、はじまってしまう。

大学を卒業後、転々と職を渡り歩いて、三年前にとうとう限界がきた。親の口ききに頼って地元の転職先を世話してもらうしかないくらい、疲弊していた。はっきり言って、もうなにもかもどうでもよかった。

絵で食っていきたいなどという大それた野望は、はなから持っていなかった。驕《おご》りも錯覚も持たずにすんだのは、自分の才能がどれほどのものか、学生の頃から思い知らされていたからだ。それでも大学時代は毎日が楽しかった。だから、社会に出ても同じようにつつがなくやっていけるものだと、漠然と信じていた。それなりに気の合う同僚と一緒に、そこそこ充実した仕事をやっていければいい。絵は休みの日に趣味で描けばいい。そう望むことさえ甘かったのだと、当時は知る由もなかった。職場で押しつけられる理不尽な仕打ちの数々、たとえば残業やノルマや複雑怪奇な人間関係が、どれだけ体力と気力を奪っていくものか、知らなかった。

新卒で入った建築事務所では、朝七時から夜中の二時まで、それこそ奴隷みたいにこき使われた。製薬会社の営業に転職したら、顧客の医者たちが冗談みたいに高慢で意地が悪く、さんざん泣かされた。その次に契約社員としてすべりこんだスーパーマーケットでは、パートも含めた同僚の女性たちの熾烈《しれつ》な派閥争いに巻きこまれ、鬱《うっ》寸前にまで追いこまれた。たまたま運悪くろくでもない職場ばかりにあたってしまっていたのか、自分がふがいなかったのか、たぶん両方だろう、と今となっては思う。

地元に逃げ帰ってからは、幸い体力もだいぶ回復した。なにもかもどうでもいいとまで思いつめることもなくなった。それでもやっぱり依然として、今度は他人ごとのように冷静に、結局はどうでもいいと思っている。思っているから、教えることにさして興味も情熱もないまま漫然と授業を続け、行けと命じられれば修学旅行にまで駆り出され、疑問も不満も押し殺して、不安定な非常勤講師の職にしがみついている。そうやってでも、生活していくしかないのだ。

　隆文はあわてて川野から目をそらす。一瞬だけ、なにもかもを洗いざらいぶちまけてしまいたいような衝動にかられたのだった。けれど、言うわけにはいかなかった。見栄《みえ》でも分別でも、ましてや思いやりでもなく、ただこの店でそういう話はしたくなかった。

　隆文はそろそろと自分のカップを取りあげた。喉《のど》もとまでせりあがってきていた言葉を、冷めかけたコーヒーで流しこむ。

　店を出て、来たときとは逆の方向へ細い路地を抜けると、赤い鳥居が見えてきた。

「どうする？　行ってみるか？」

　隆文は聞いた。平安《へいあん》神宮といえば京都でも指折りの観光名所だ。川野は少し考えてから、遠慮がちにうなずいて、隆文の半歩先に立って歩きはじめた。

　さらさらと流れる疏水《そすい》の脇では、趣味の集まりなのか、つばの広い帽子をかぶった初老の男女が、歩道の端に小さな椅子を出してスケッチに励んでいる。

「先生、休みの日とかはやっぱり絵を描いてるんですか？」

川野が振り向いてたずねた。

「ああ、まあな」

いったんごまかしかけたものの、突如とりつくろうのがいやになった。

「いや、もう描かない」

「どうしてですか？」

川野が歩く速度をゆるめて隆文に並んだ。

「どうしてって」

隆文は言いよどんだ。実家や職場でこの質問をされたときには、時間がないから、と答えることにしている。最も一般的であたりさわりのない模範解答だ。他人が口にしているのもよく耳にする。でも実際のところは、この言い訳は隆文にはあてはまらない。ともに暮らす家族も、一緒に出かける恋人もいない。これといった趣味もなく、休みの日はネットでゲームをするかパチンコに行くか、どちらかといえばひまを持て余している。

時間はある。あるのに、やる気が出ない。

「描く理由がないから」

隆文は正直に答えることにした。

社会人になりたての頃は、趣味でいいじゃないかと考えていた。気分転換がてら、休日にはなにかしら描いていた。まもなく狭いアパートは絵でいっぱいになった。

その頃には、すでに描くことが苦痛になっていた。息抜きのはずだったのに、むしろ息が詰まった。仕事で疲れ果てていたせいもあるかもしれないが、いくら描いても満足のいく出来にはならなくて、むやみに絵具を重ねた。重ねるほどに、その濁った色が自分自身の肌にも塗りつけられていくようで、息苦しかった。どこにも発表できない、誰の目にもふれず評価もされない、そんな見捨てられた絵が増え続けていくのもつらかった。建築事務所に辞表を出した日、うちに帰って発作的に思いたち、描いた絵も道具もすべてごみに出した。

「理由って……」

さらになにか言いたそうにしていた川野が、唐突に立ちどまった。

「やっぱりいいです」

「どうした？」

今度は隆文が問う番だった。前に向き直ると、いつのまにかすぐ真正面に巨大な鳥居がそびえていた。

その真下で、制服姿の集団が写真撮影に興じている。さっき新京極で会った四人組のようにも見えるし、そうでないような気もした。同じ制服だと区別がつきにくい。

「大丈夫だよ、向こうは気づいてないって。そんなにびくびくすんな」

川野の顔が気の毒なくらいこわばっているのを見かねて、隆文はあやすように声をかけた。

「びくびくなんかしてません」

川野がいっそう険しい表情になって食ってかかった。

「ああ、もしかして心配してる？」

隆文はあえて論点をはずしてみた。

「平気平気、おれ、そこまで人気ないって。妬《や》かれるとかないはずだから、安心して。中二とはそんなに接点もないしな」

的はずれなことを言っているのはわかっていた。川野もそう思っていることもわかっていた。それでもなお、隆文はひとりでへらへらと喋《しゃべ》り続ける。

「ああでも、意外に隠れファンとかいたりして。どうしような、困っちゃうな。たまたまそこで会っただけって言えばいいか。それも言い訳くさいかな。だけど、たまたま会ったっていうのはほんとのことだよな」

「せんせー」

さえずるような高い声が割りこんできて、隆文はようやく口をつぐんだ。それから声を倍ほどに大きくして、

「おう、おつかれ。どうだった、平安神宮は」

と、できる限り快活にたずねた。

「大きかった」

「赤かった」

口々に幼い返事をよこしながら、生徒たちが近寄ってきた。四人ともめがねをかけていて、髪は黒く、スカートは膝《ひざ》をすっぽり隠している。新京極にいた派手な四人と比べれば格段におとなしそうで、隆文は少しほっとする。

彼女たちは隆文と川野のすぐ手前まで来ると、足をとめた。隆文を見上げ、川野を一瞥《いちべつ》し、また隆文のほうへと視線を戻す。女の子の四人組というのは、どうしてこうも外見がそっくりなのだろう。

「しつれいしまーす」

それ以上は会話を引き延ばすでもなく、にこやかに去っていく生徒たちを、隆文は拍子抜けして見送った。

妬くと言ってみたのは冗談だったが、そういう次元の話でもなかったようだ。彼女たちは隆文になんの興味もない。従って、同級生とふたり肩を並べているからといっ

て、特に感想も持たない。礼儀として、あるいはたまたま気が向いたから、自校の教師に挨拶《あいさつ》しただけに過ぎない。

「女の子どうしっていうのはあれだな、グループごとに似てくるもんなのかな」

われながらどうでもいいことを言っている、とさっきと同じく頭の片側では考えながら、隆文は川野に話しかけた。生徒たちから関心を向けられないからといって、別に落ちこみはしない。ただ、おもしろくもない。空気のような教師になりたいと自ら望んでいた以上、喜んでもいいはずなのに、どうにもおもしろくない。

「服装とか化粧とか髪型とかはわかるけど、めがねっていうのはすごいね。視力まではなかなかそろえにくいよな」

川野は隆文と目を合わせなかった。合わせないまま、ぞっとするほど低い声を出した。

「似た者どうしがくっつくんですよ。おんなじレベルの人間どうし」

いまいましそうな口調とはうらはらに、声はあからさまに震えている。

「だからあたしはひとりでいるの。くだんない仲間とつるんでたら、こっちまでくだんなくなっちゃうから」

ああ、と隆文は声をもらしそうになる。自分がどう見られているのかのほうについ気を取られていたけれど、あの生徒たちに興味も関心も持たれていないのは、隆文だけではなかったのだった。

たった二、三分のやりとりで、はっきりした。あのまじめそうな四人からは、およそ感情の動きというものが感じられなかった。みごとなまでに、なんにもなかった。好意や親しみは言うまでもなく、嫌悪感や敵意すらも。

教室での川野が目に浮かぶ。積極的にいやがらせをされるとか露骨に無視されるとかではなくて、ただ透明な存在として浮いているんだろう。危害を加えられるわけではない。修学旅行の班分けのような特殊な事態を除けば、目に見える不都合もない。それでもやはり、そういう生活はくたびれる。

「くだんないって、そんなかわいそうなこと言ってやるなよ」

隆文はとりあえず軽くまぜ返してみた。

川野の窮状はなんとなく察しがついた。しかしはっきり言って、隆文にできることはなにもない。せめてこの場を少しでも和ませるように努力するのが、ぎりぎり精一杯である。

「それに、そんなえらそうにしてられるのは今のうちだぞ。世の中に出たら、いろいろすごいやつがいるんだから」

言い足したのは、教師として生徒を諭すというより、実体験をふまえた忠告だった。おれだってさ、と続けようとしたら、川野がたたきつけるような口調でさえぎった。

「そんなことない。あたしはあきらめたりしない」

「あきらめる、あきらめない、って問題じゃないんだよ」

必死の形相にやや気おされつつも、隆文はたしなめた。どこまでも聞き分けのない生徒だ。意志の力だけでなんとかなるなら苦労はしない。

「あたしは違う。あんな田舎でいつまでもくすぶったりしない」

川野が悔しそうに口もとをゆがめ、吐き捨てた。

「あたしは、先生みたいにはならない」

「なんだよ、それ」

隆文もさすがにかっとなった。

「そういう言いかたはないだろ」

川野は答えない。唇をかみ、隆文をぎゅっとにらみつけている。

どうしようもないんだよ、と隆文は歯がゆいような気分で思う。世の中にはどうしようもないことがいっぱいあるんだよ。腹の底から、ふつふつと怒りがこみあげてくる。

たいそうな夢じゃなくても、ささやかな希望さえも、かなえられないこともある。あんなふうにはなりたくないと思っていたものに、いつのまにかなってしまっていることだってある。まだ十四年きりしか生きていないお前に、なにがわかる。なんにもわかってないくせに、わかったようなこと言うなよ。ていうか、自分だけが正しいって思いこんでそういう口のききかたしてるから、友達もできないんだよ。お前は結局、うまくいかないこと全部、周りのせいにしてるだけなんだ。

腹だちまぎれに口を開きかけて、けれど隆文は思いとどまった。川野の大きすぎる目の縁に、水滴がたまっていた。

今にもこぼれ落ちそうなしずくを目にしたとたん、どうしたらいいかわからなくなった。言おうとしていた文句も吹き飛んだ。頭に上った血が急速に勢いを失っていく。

あたふたと視線をそらすと、立派な鳥居が目に入った。

「せっかくだからお参りしていこう」

口の中でもぐもぐとつぶやき、隆文は先に立って歩き出した。

参道を進み、本殿に入った。ものものしい朱色の神門をくぐるときにさりげなく振り返ったら、川野ものろのろとついてきていた。あえて足はゆるめず、内庭をつっってまず大極殿《だいごくでん》に参拝する。賽銭《さいせん》を投げ手を合わせてから、境内をぐるりと一周した。再び本殿の前まで戻ってきたところで、ちょうど川野が賽銭箱に背を向けて石段を下ってきた。

「ごめんなさい」

ぼそぼそと言う。まだ少し目が赤い。

「いいよ別に。気にすんな」

隆文もぼそぼそと答えた。

「これからどうする？　またコーヒーでも飲むか？」

川野は黙っている。隆文は返事をあきらめ、川野を目でうながして大鳥居のほうへ踵《きびす》を返した。

「ひとつだけお願いしてもいいですか」

意を決したふうに川野が切り出したのは、鳥居を過ぎてすぐだった。意表をつかれ、隆文はどぎまぎして答える。

「いいよ、もうとことんつきあうよ」

「じゃあ」

川野は隆文の目を見て続けた。

「先生の絵を見たいです」

「は？」

まぬけな声が出た。言われている意味がのみこめなかった。

「だってせっかく京都に来たんだし。学生時代に描いたやつ、どこかにあるんじゃないですか」

川野は真剣だった。

「そんなの残ってないって」

隆文は苦笑した。さっきの喫茶店で勘違いさせてしまったのかもしれない。あそこに飾られていたのは、いくら若手の無名作家とはいえ、少なくともちゃんと値段がつき売りものとして認められる絵である。たいした才能もない一学生の描いた絵を、わざわざ保管してくれるような場所なんかない。大学に置いてきた、正しくは置き捨ててきたものも、とっくに処分されているだろう。

「あ」

声を上げた隆文を、川野がいぶかしげに見上げた。

「先生？」

「まだ残ってるかどうかはわかんないけど」

川野の望みをかなえられるかもしれない場所が、ひとつだけある。

夏休みの大学構内は閑散としていた。

正門を抜け、正面にそびえている本校舎の時計台を過ぎて、奥へ進む。道の両側にいくつか校舎が建っている。木工の実習らしき、ベニヤ板をかついだ学生とすれ違う。どこからか聞こえてくる授業らしき声は、夏の集中講義だろうか。川野は物珍しそうに周りを見回している。

絵画専攻の学生たちには、敷地の南端に建つ平べったい二階建のE棟が、専用の校舎としてあてがわれていた。門から遠くて不便だとカオリたちはしじゅう不平を言っていたけれど、陽あたりがよく静かなので、隆文はけっこう気に入っていた。

一階の廊下沿いに並んでいる部屋は、どこでも自由に使っていいことになっていた。一番奥の、南向きの窓から陽ざしがたっぷり入ってくる教室を、隆文はとりわけ好んだ。天気のいい日は雑草の茂った裏庭に出て、ガラス越しに見える室内の学生をスケッチしたりもしたものだ。夏場は蚊とり線香が必需品だった。二階の教室のうちのひとつは物置になりはて、持ち主不明の画材やイーゼル、キャンバスやスケッチブックなんかが、ごたごたとひしめいていた。学校側もふだんは黙認していたが、何年かに一度、長期の休み中に大掃除を決行した。隆文の在学中にも一度あった。がらくたが撤去されてがらんとした教室は、思っていたよりずいぶん広かった。すっきりしたような心細いような、落ち着かない気持ちになった。

E棟には人影がなかった。当時から地震がきたら危ないと噂されるくらい年季が入っていた外見は、記憶とさして変わらない。

隆文は入口を素通りして、建物の裏へ回りこんだ。くもったガラスのはまった教室の窓が、規則正しく並んでいる。昔もほとんど手入れされている様子がなかった裏庭はますます野性味を増し、草木が競いあうように生い茂っていた。伸びほうだいの草を踏みつけ、一番奥の教室をめざす。川野も無言でついてくる。

ようやく端までたどり着いたときには、息がはずんでいた。白っぽい夏の光に照らされた外壁と向かいあい、深呼吸をする。

十五年前と、変わっていない。

窓枠を囲むように、深緑の蔦《つた》が這《は》っている。ぷっくりとかわいらしいハート型をした大小の葉の上にてんとう虫やかぶと虫がとまっている。黄や青の色鮮やかな蝶《ちょう》が数羽、その周りを飛び回っている。

足もとに並んでいる背の低い植えこみの奥からは、うさぎや鹿がちらちらと顔をのぞかせていた。鹿の背中には子猿がまたがり、いたずらっぽく片目をつむっている。手前では白と黒のまだらの牛が目を細めて草を食《は》んでいる。隣にはりすもいる。牛とりすはほとんど同じ大きさである。

「これ、先生が描いたんですか？」

隆文の横に立ちつくしていた川野が、ささやいた。

「うん」

正確には、隆文が描いたというより、隆文も描いたと答えるべきだろう。

あの日も暑かった。卒業を控えた、大学四年の夏だった。隆文たちはグループ課題のためにE棟へ集まった。六人で協力して一枚の大きな絵を完成させるという宿題が、休み前に出されていたのである。

クーラーのない教室は、こもった熱でサウナと化していた。全員がほぼ同時に、つまり教室に入った瞬間に、やる気を失った。裏庭へ出てみたのは、風があるだけ外のほうがまだましだったからだ。

紙よりも壁に描こうと言い出したのが誰だったかは、よく覚えていない。仲間うちでは一番しっかり者で、リーダー格だったユウタだろうか。それとも、常にとっぴなアイディアを胸の中であたためて、隙あらば皆を巻きこもうとねらっていたシュウだろうか。ともかく、いつのまにか六人ともが夢中で壁に向かっていた。汗と絵具にまみれ、一心に筆を動かしているうちに、やがて誰からともなく笑い出した。わけもわからず爆笑しながら、それでも手は休めなかった。

壁画という発想はおもしろいし、六人六様の筆遣いが無秩序にまざりあっているのも斬新で、なかなかうまく描けたと思ったのに、担当教官の反応はさんざんだった。上からペンキを塗って元どおりに戻しておくようにと渋い顔で言い渡され、その場ではうなずいたものの、もちろん誰もそんな手間をかけるつもりはなかった。建物の裏側に回らなければ見えない場所なので、教官もそのまま忘れてしまったらしく、重ねて催促されることもないまま卒業してしまった。

ひっそりと生き残っていた思い出の絵をつくづくと眺めて、隆文は思わずつぶやいた。

「下手だな」

あれほど自信満々だったのに、こうしてあらためて見てみたら、子どものお絵かきに毛の生えたような出来だった。六人がそれぞれ気の向くままに筆を動かした結果、構図はとんでもなくバランスを欠いているし、色の組みあわせもひどくちぐはぐだ。どうひいきめに見ても、美大生が胸を張っていい作品ではない。あのときは憤慨した教官の冷ややかな態度も、今となってはうなずける。

ぷっと音を立てて川野がふきだした。

「笑うな」

隆文はむっとして抗議した。見たいというから連れてきてやったのに、笑われる筋あいはない。

川野はしばらく口をむずむずさせていたが、

「ああもう無理」

と宣言すると、けらけらと本格的に笑いはじめた。

「先生、また、絵、描いたら、いいじゃ、ないですか？」

発声練習のようにぶつぶつと言葉を区切って、言う。息継ぎのリズムがおかしくなっている。

「なんでだよ」

隆文は憮然《ぶぜん》として答えた。

「だって」

くくく、と喉《のど》の奥からこみあげてくる笑いとともに、川野が続ける。

「大きくなって、前よりうまくなってるかもしれないですよ」

「川野も、美大とか、行って、みれば？」

おとなげないとは知りつつも、隆文もお返しに妙な節をつけて言ってやった。

試験に受かるかは保証できないけどな、もしかしたら仲間ができるかもよ、まあその性格じゃ無理かもしれないね——立て続けに浮かんできた皮肉な言葉を、口にはせずにのみこんだのは、川野があんまり楽しそうだったからだ。歯茎を見せ、腹を抱え、いつまでも笑っている。

なんだか新鮮な気分で、隆文は隣をうかがう。川野はこういう顔で、こういう声で、笑うのか。これまでは笑顔といっても嘲笑《ちょうしょう》や苦笑のそれだったから、こんなに晴れ晴れとした表情を見るのははじめてだ。

川野は一向に笑いやまない。とりあえず気のすむまで放っておくことにして、隆文はまた壁画に向き直った。何度見てもやっぱり下手くそだ。

川野の言ったとおりなのかもしれない。もしかしたら、あの頃よりも今のほうが、上手に描けるかもしれない。そんな可能性があるなんて、想像してもみなかった。黄金色に輝く大学時代が過ぎて、すべては闇に沈んだはずだった。夏は終わり、寒い冬がやってきたはずだった。

だからしょうがないと割りきっていた。この状況でじたばたしても意味がない。潔くすべてを受け入れ、ややこしいことは考えず、あきらめてやっていくしかない、と。うまくいかないこと全部、周りのせいにしてるだけ――さっき川野に対して投げつけようとした言葉が、不意によみがえる。じわりと頬が熱くなる。

「美大かあ。いいなあ」

まだ唇の端に笑みを残したまま、川野がうっとりとつぶやいた。子どもじみた口調につられて、隆文は口を開いていた。

「教えてやってもいいよ」

「先生が？」

川野がきょとんとして聞き返した。

「いや、実技はしっかり練習しとかないと大変だから。学校ごとに癖もあるし」

隆文は早口で答えた。自分の口走った内容に、おそらく川野に負けないくらいびっくりしていた。やけに教師っぽいことを言っている。

「ちょっと気が早いか。まだ受験まで四年もあるんだもんな、これからおいおい準備していけばいいよな」

急に照れくさくなってきて、中途半端に話を切りあげる。

「いえ」

川野が高らかに即答した。

「いいです、先生は。遠慮しときます」

おもむろに腰に手を当て、わざとらしく壁画を眺め回している。隆文は深くため息をついた。

「お前、ほんっとに感じ悪いな」

川野が再びくすくすと笑いはじめた。つられて隆文の口もともゆるむ。まぶしい陽ざしを浴びた動物たちも、ほがらかな微笑を浮かべて、じっとふたりを見守っている。

ささくれ紀行

藤谷　治

藤谷　治（ふじたに　おさむ）
1963年東京都生まれ。日本大学藝術学部卒業。会社員を経て、書店経営のかたわら創作を続け2003年、『アンダンテ・モッツァレラ・チーズ』で小説家デビュー。主な著書に、『船に乗れ！　Ⅰ～Ⅲ』『おがたQ、という女』『恋するたなだ君』『我が異邦』『花のようする』『ぼくらのひみつ』『世界でいちばん美しい』など。

1

はたちになる年の夏に、半年続けたアルバイトを辞めた。

地元駅前デパートの布団売り場のアルバイトだった。母の知人から紹介された職場だったので、我慢に我慢をかさねて半年働いたのだった。ほんとは二日で辞めたかった。退屈で、退屈で、やりきれなかったのだ。週に三日、午後の六時間、売り場に出るだけだったけれど、その六時間が六十年に思えた。なんにもやることがない。六時間、ただ立っているだけ。布団を買うやつなんかいやしない。売り場には僕のほかに店長と、僕にだけ愛想の悪い女性アルバイトがいるだけ。この女性は店長と付き合っていて、日がな一日二人で楽しそうに喋《しゃべ》っていたから、僕には話し相手もいなかった。夏休みに入れば高校生のバイトが来るというので、渡りに船じゃないけれど、こんなに暇なところにそう何人もバイト要らないでしょうと、ちゃんと辞表を出して退職した。半年間に僕のいるときに布団を買った客は、通算四人だった。

辞めたときの、山の空気を吸いこんだような解放感は、今でもよく憶《おぼ》えている。それはその頃の僕には、とても珍しいことだった。かならずしも、ちっぽけなデパートのちっぽけな布団売り場の、神罰めいた退屈さから逃れられたからだけではなかった。

解放感などというものからは程遠い日々を過ごしていたのだ。アルバイトをしていること自体が、当時の僕には充分な心理的負担だったのだ。そもそも僕が働いているということは、いることは、母と僕だけが知っていて、父にも、父に喋ってしまいそうな二人の弟にも内緒だった。父は僕にアルバイトを禁じていた。母はそんな禁止は馬鹿げていると思っていた。僕は、働くのは面倒臭いとは思っていたけれど、自分の自由になる金は欲しかった。そこへ母の女学校時代の同級生が布団売り場の話を持ってきた。父の帰宅前に帰ってこられる職場であることは重要だった。

　親がかりの身の上とはいえ、秋にははたちになる一人前の男が父親からアルバイトを禁じられるなんて、戦前のお坊ちゃまじゃあるまいしという母の意見も当然だったが、一方で父の考えも、もっともなのだった。僕は浪人生だったのだから。中途半端に働くよりも勉強に集中すべきだというのは、極めて常識的な判断だった。だからこそ僕も母も、アルバイトしていることに負い目を感じていたのだ。特に僕は感じていた。当たり前だけど。

　浪人、二年目だった。現役のときは早稲田《わせだ》の文学部しか受験せず、一年浪人してでも早稲田に入りたいと思って、予備校にも真面目に通い、翌年にはしかしすべり止めに中央や明治も受けて、ことごとく落ちた。かけ値なしの絶望的な気分になったが、実際の僕は絶望する資格もないくらい、学力がなかった。早稲田の偏差値は65くらい、対するに模擬試験で僕が出した偏差値は33だった。こんな数値じゃ早大どころか、高校入試をもう一回やっても、受かるかどうかおぼつかないくらいだ。

自分の頭が悪いとは思えなかったし、思いたくなかった。けれどもさかのぼって中学生の頃からずっと、僕には学校の勉強というのが、ひとつも理解できなかった。日本語だ、ということが判るだけで、教師たちが何を語っているのか、教科書や参考書が何を書いているのか、まったく、これっぽっちも頭に入らなかった。読書だけは人並みはずれて好きだっただけに、余計これは深刻に感じられ、僕は自分に何か病的な問題があるのではないかと、真剣に思い悩んでいた。自分が好きでもなければ興味も持っていない、お互いになんの関連もない歴史や英語や数学の、味もなければ趣もない情報の羅列を、無批判に、かつ無条件に、ひたすら嚥下《えんか》し暗記していく、あの「受験勉強」という奴隷的作業に無理やり取りかかろうとすると、比喩《ひゆ》でなく実際に、目の前がすうっと暗くなることがしばしばだった。

自分は二度、受験に失敗した。これからも決して合格することはない。それは悲観的予測なんかじゃなく、すでに決定した、明らかな現実にしか思えなかった。予備校に通うのもおっくうになり、アルバイトする時間もあるにはあった。そしてそのアルバイトで、退屈という地獄に殺されかけたというわけだ。

僕が精神的に追いつめられ、極限に近いところまで殺伐としているのは、誰の目にも明らかだった。だから僕が夕食の席で、この夏はどこかへ一人で旅行したいと呟《つぶや》いたとき、家族の中に反対する者は一人もいなかった。みんな異口同音に、それはいい、思いきって無銭旅行でもすれば、きっと気分も変わるといって、父親などは寝袋を買ってきてくれた。僕に満足な旅のできる金があると知っていたのは母だけだった。

2

青春18きっぷという、各駅停車と快速列車にしか乗ることのできない、しかし一日中使っても構わないという特別乗車券が、前の年から売り出されたばかりだった。一万円で日付のない切符の五枚セットを買う。その頃はうち一枚が二日間有効だった。千数百円で一日国鉄が乗り放題というわけだから、僕のような暇を持て余している人間にはおあつらえ向きだった。

大きめのバッグに歯ブラシと下着と文庫本、それにノートと時刻表を放りこんで、朝の四時に家を出た。

五時何分かの東海道《とうかいどう》線下り列車に乗って、自分の住んでいる場所が遠ざかっていくと、何か自分がとんでもなく大それたことをしてしまって、もう取り返しはつかない、という気分に襲われた。旅立ちの高揚などまるでなく、寝不足で頭がぼんやりしているだけだった。駅で今日の日付とハサミを入れて貰《もら》った切符を見た。これ一枚で、どんな遠くへも行けるんだ、思い切り遠くまで行ってやろう。そう思った。そう思うことが、どんな結果につながるかも知らないで。

僕は自分の不安、苛立《いらだ》ち、焦燥を、充分に理解していなかった。自分がどれほどやりきれない気持ちの中に沈みこんでいるか、あとも先も見えずにもがいているか、そして自分がどれほど現実に対して無能力かを知らなかった。げんにこうして電車に乗っていることが、どれくらい無計画でやみくもで、ムチャクチャなことなのか、半分も理解していなかった。僕はどこに行くか決めていなかった。五時何分かの下り列車に乗ったのは、それが最寄駅の下りの始発だと、時刻表に書いてあったからだ。それ以外の理由はなかった。その列車が熱海《あたみ》まで行くのは知っていた。それだけだ。もちろん熱海で降りるつもりはなく、そこからさらに下りの列車を乗り継いでいこうとは思っていた。熱海行きの列車で熱海まで行き、そこで次に出る下り列車に乗って、そいつの終着駅まで乗る。そこからまた下りの電車に揺られるのだ。それを一日が終わるまで続けるつもりだった。思い切り遠くまで、というのはそういう意味だった。出発した時点での僕は「青春18きっぷ」が、途中下車することも、別の駅から別の方面へ向かって乗車することもできるという当然の規則を、忘れていたらしい。乗れるだけ乗らなきゃ損だという貧乏根性だったのかもしれない。各駅停車の限界を、自分で体験したかった可能性も、若干ある。

熱海から浜松《はままつ》行きの列車に乗った。浜松から豊橋《とよはし》、豊橋から名古屋まで行って、昼飯に立ち食いのきしめんを食べた。名古屋から大垣《おおがき》、米原《まいばら》と小刻みに乗り継ぎ、米原から一気に姫路《ひめじ》まで行った。京都も大阪も眠っているうちに通り過ぎていた。

背中は汗でびっしょりなのに、シャツの半袖《はんそで》から出た腕は、握ると冷えきっていた。駅で次の列車を待っているあいだは、立っていないと腰が痛かった。

姫路の次は岡山の駅に降りたのではなかったか。暗くて人のいないプラットホームの残影が、今でもたまに記憶の奥から不意に浮かび上がってくることがある。今調べてみると僕が岡山に到着したのは午後六時半から七時のあいだだ。駅に人がいないわけがない。記憶が岡山駅から人の姿を消してしまったか、あるいはそこはもとから岡山駅ではなくて、まったく別の小駅に、僕は降りたのだったのかもしれない。時刻表的には、つまり理論的には、それは岡山でなければならない筈《はず》なのだけれど。

結局この日、僕は夜の十時過ぎまで各駅停車に乗りづめに乗って広島まで行った。そして岡山（？）から広島へ行く、この日の最後の列車の中で、ようやく自分がどうしようもなくなっていることに気がついたのだと思う。こんなのはまともじゃない、俺はどうかしている、そう思った。同時に、でもほかにどうしようもないんだとも思った。旅行というのは、もっと気楽で自由なものの筈なのに、僕は少しも楽しくなく、心地よくもなかった。ひたすらつらかった。そんなことは、たぶん静岡県を通っていたあたりからはっきり判っていた。それなのに僕は列車に乗り続けるのをやめようとはしなかったし、自分が常軌を逸したことをしていると明確に自覚した今でさえ、たとえば次の駅で降りる気などまったくなかったのだ。そうしろと、誰かに強制されているわけでもなければ、そうしなければいけない、たとえば何か用事があるとか、目的地があるとかいったわけでもないのに、それをしていた。自分がコントロールできなくなったような気がして気味が悪く、僕は顔の汗をぬぐった。

宿の予約なんかもちろんしていなかったけれど、このくたびれきった身体で知らない広島駅前のビジネスホテルに飛びこんで、泊めてほしいとかけあうのにも勇気がいるほど、僕は苦労知らずだった。夜の十時半にする相談じゃなかったし、後年同じようなことを頼んでも、ホテルからはあいにく満室ですといわれるのが通例だと知った。だがこのときのホテルはなぜか泊めてくれた。狭くて風通しの悪い、窓の外からは隣のビルしか見えない部屋だった。救われる思いだった。よぼよぼになった身体をシャワーで洗うと、その夜はテレビをつけたままぐっすり眠りこけた。

3

翌日は平和記念公園や厳島《いつくしま》神社を見た。広島へ行けば誰だって行くことに決まっているところへ行っただけのことだった。

路面電車にも乗った。路面電車の窓から見上げた広島球場の古びたたたずまいが、ここの名所ではいちばん印象に残っている。のちにサラリーマンになって、サーヴィス残業の帰り、満員の京浜東北線《けいひんとうほく》に身体を揺られながら、関内《かんない》駅を出てすぐのところに照明をともした横浜球場が見えると、このときつかのま見上げた広島球場を思い出して、胸の締めつけられるような、恋のような苦しい想いに襲われて、そのたびに、俺はまだ生きていると自分にいいきかせた。

そのときの僕は、そんなことは知らなかった。自分に今より「のち」なんてものがあるなんて思いもしなかった。帰るところなんかない、このまま死ぬまでこうしてさまよい続けるんだ、そんな風に、自分が思ってる、ということにしたかった。ほんとはいつ家に帰ったって構わないようなことをしているとは、気がついていないふりを、まだ必死でしていた。

この日の夜は居酒屋みたいな場所で食事をした。広島料理の店と書いてあるから、料理屋だろうと思って入ったら、居酒屋だったのだ。一人で呑《の》み屋に入ったのは、それが初めてだった。

八月だったから牡蠣《かき》はなくて、初めのうちは刺身か何かを食っていたと思う。勇気を出してビールも注文した。酒は初めてじゃなかったけれど、疲れていたせいか酔いが早く回った。一人でカウンターに腰かけてビールなんか飲むと、大人になったような気分だった。財布に一万円札が何枚か入っているのも気を大きくした。どんなものが出てくるかも考えずに、あれこれ注文した。

気がつくと僕の前には皿がこぼれ落ちそうなほど料理が並んでいた。まぐろのかぶと煮まであった。一人じゃとうてい食べきれない。

ふと見ると斜めうしろのテーブルに、労務者風の兄さんが四、五人と、けばけばしいお姐《ねえ》さんが二人、げらげら笑いながら呑んでいた。普段ならおっかなくて近寄れないグループだが、旅先だし、酒は入っていたし、この二日まったく誰とも話をしていなかったこともあって、あのスミマセン、料理頼みすぎちゃって、一人じゃ無理なんで、よかったらいかがですかといってみた。どうやら彼らはその前から、若いのが一人で呑んでいるのをちらちら気にかけていたらしく、おおーと歓声をあげてテーブルに迎えてくれた。

焼酎《しょうちゅう》の一升瓶が回され、広島弁や京都弁や沖縄弁の言葉が飛び交った。男たちは日雇いで、女たちは何者だかいわなかった。これがべろんべろんというやつかと、はっきり自覚できた。さっきまでそんなでもないと思っていたのに、トイレで二度ほど吐いて戻ってくると、お姐さんの一人がやけに美人に思えてきた。そのお姐さんに対する僕の態度が変わったのは、男たちにすぐばれたらしい。隣に座らされて、さんざんからかわれた。

憶《おぼ》えていないことのほうが多い。けれども僕はたかられもしなかったし、嫌な思いは少しもしなかった。それどころか僕はニッカボッカーの兄ちゃんたちから慰められ、励まされた。何を喋《しゃべ》ったかは完全に忘れたが、きっと僕がじめじめ泣き出したので同情してくれたのだろう。グループの中でもいちばんコワモテの、赤い髪に細長いサングラスの人が、帰り際に僕の耳元で、学生よ、情けない顔せんのよ、ひと晩貸しちゃるけ、男にしてもらい、といった。

顔を上げると、僕は蒸した空気がオレンジ色の電灯の下に漂う、小さな公園にいて、美人のお姐さんと並んで花壇のへりのブロックに、缶コーヒーを握ってしゃがんでいた。お姐さんも酔っぱらっているらしく、僕の肩にべったり寄りかかって、私、裸になったらすごいよ、おっぱいきれいだよ、という意味のことを、熱心にささやいていた。じゃ、行きましょうか、と僕はいった。行こう、行こう！　お姐さんは立ち上がって、僕の腕を引っぱりあげた。公園の前にタクシーが停まっていた。僕は自分が広島にいることも忘れていたくらいで、どこにホテルがあるかなど判るわけもなく、タクシーに連れて行って貰《もら》えばいいと手をあげた。するとお姐さんが、あんたのホテルはあれじゃないのといって、道路を挟んですぐ向かいにある建物を指さした。

僕は建物を見て、お姐さんを見た。タクシーは後部ドアを開いて僕たちの真横で待っていた。僕はお姐さんをタクシーに乗せようとした。

「今日はありがとう」僕はいった。「おやすみなさい」

「何いうとるの」お姐さんは僕に顔を寄せた。「一緒に行こうよ」

「そんなの、いやでしょ」

「いやじゃないよ」

「でも良くない。自分を安くする」

「あたし安もんよ。あたしもしたいんじゃけ」

「そんなことといって明日《あした》後悔する。絶対嫌な思いするよ」

お姐さんの顔がぼんやりとなった。僕の腕を握っていた手を離した。

「あんたいい人だね」お姐さんはそういって、タクシーに乗りこんだ。「苦労するよ」

タクシーがまだ見えているうちから、僕は後悔し始めていた。あんないい女を、なんで放り出してしまったんだろう？　なんであんなきざったらしいことをいって、帰してしまったんだろう？　向こうもＯＫ、こっちもＯＫ、ニッカボッカーもＯＫ、ここは旅先、誰一人、何ひとつ、さまたげるものはなかったのに。ホテルに戻ってユニットバスの浴槽にしゃがみながらも、お姐さんの張りのありそうだった胸のふくらみや、いやらしくべとついた太腿《ふともも》を思い出して苦しくなった。俺のどこがいい人なんだと思った。馬鹿だった。ただのくだらない馬鹿野郎だった。

4

翌朝八時すぎの列車に乗った。もっと早い時間に出たかったが、頭が割れるように、いやいっそ割ったほうが楽なくらいに痛くて、吐くものなど残っていないのにトイレまで這《は》っていって胃液を吐き、閉めきらなかったカーテンのすき間から射してくる朝日の眩《まぶ》しさに苦しめられ、それでもこんな街にはいられなくて、真っ青になってチェックアウトし、岩国《いわくに》行きの列車に乗って、座席になだれ落ちた。

頭や身体の苦痛はむしろさいわいだった。いろんなことを思い出したり、自分について考えたりする苦痛から、少しは目をそむけられたからだ。ところが岩国に着くと次の列車まで時間があり、弱りきった身体に暑苦しい空気やプラットホームの地熱が耐え切れず、改札の外に出て酔いどめの薬を買って、サンドウィッチを一緒に牛乳で無理やり流しこむと、次の列車に乗る頃には、だんだん身体が楽になってきた。すると心の絶望と憂鬱《ゆううつ》だけが、凍土のように目の前に広がって、山陽《さんよう》本線の窓の外に島があろうが船が浮かんでいようが、そんな風景のほうがよっぽど非現実的で、夢というより抽象画みたいに、遠くで美しくばらけているだけだった。

何やってんだ、俺……。

僕は何もやっていなかった。列車に乗っているだけで、旅すらしているとはいえなかった。こんなものはただの移動で、面白くもなければ見聞を広げるわけでもなく、一日中座席に、つまりただの椅子に座り続けているのとまったく同じだった。ましてや、自分を磨くとか、自分を変える契機になんか、なるわけもなかった。お姐さんのだらしない姿はいつまでも目に浮かんでいたけれど、それよりも昨晩自分が見せたくそくだらない優しさじみた態度のほうが思い返されて、恥ずかしさに手足が震えた。騎士道精神とでも気取りたかったのか、ただ怖《お》じ気づいて腰が引けただけに決まっているのに、道徳めいたことを口走って、お姐さんをさとすようにタクシーに乗せたあの偽善は許せなかった。そしてあれが僕という人間の本性なのだった。

四時間かけて下関《しものせき》まで行く列車だった。車内は最初通勤客でやや混雑し（もちろん東京の通勤通学ラッシュとは比較にならない穏やかさではあったけれど）、すぐがらがらになって、しばらく無人同然の状態が続き、大きな駅の前後に少し客が乗ったり降りたりした。窓外の風景は海だったり山だったりトンネルだったりした。僕などこの世にいてもいなくても同じだった。

真昼の下関駅に降りて、どこへ行ったってしょうがないという気持ちは、僕の全身を覆っていた。時刻表を開いて次の列車を調べる気にもならなかった。古臭い木のベンチにいつまでも座っていた。近くで楽しそうに大声で語り合っているカップルの会話は、訛《なま》りがきつすぎてひと言も理解できなかった。

あれから一度も下関を訪れていないし、記憶はひどくあやふやで、すべてが幻めいているのだが、下関駅はプラットホームの先端から関門《かんもん》海峡が見えたように憶えている。僕は海峡をずっと見ていたような気がする。駅から海が見えないのなら、それはすべて嘘の記憶でしかないことになってしまうけれど。広島より、ニッカボッカーの兄ちゃんや公園のお姐さんより、僕はこの海峡のながめが、往路ではいちばん印象に残っている。夏の乾いた青天の下に、大きな橋がかかっていた。大小の船が行き来していた。僕の心は苦しいのに、それは爽《さわ》やかな、涼しげな風景だった。

あの向こうに行きたいと思って、小倉《こくら》行きの列車に乗った。小倉がどこにあるかも僕は知らなかった。それは下関からふた駅目の、港に近い小都市だった。十五分くらいで着いた。そして僕はそこから先、もうどこに行くのも嫌になってしまった。

5

まだ昼だった。駅の観光案内所で紹介されたビジネスホテルにチェックインすると、ベッドに大の字になって、ほかに何もできなくなった。腹も減っていたし身体はべとべとしていて、ホテルには大浴場もあるというふれこみなのに、身動きできなくなっていた。眠いのでもなかった。ただとにかく、なんにもできなくなっていた。しょうがないから天井を見続けた。腹が鳴り、身体は臭くなり、部屋に入ったときからついていたエアコンは、ききすぎて凍りつきそうだった。

気力もなければ言葉もなく、肉体も意思も、過去も未来も、現在もなかった。白くて網目模様が細かく並んだ天井と蛍光灯だけがあった。

夕焼けが始まり、長く続いた。どれくらいのあいだ、ただ横になっていただろう。涙はひと筋だけ流れた。その時間のどのあたりから自分が、自分の中を探り、検証するようになっていたのかもはっきりしない。でもそれを頭の中でし始めていたのは確かだった。大の字になったまま、やがて僕はけっこうはっきりした声で、こういった。

「でも死にたくはないな」

自分の声に驚き、いくぶんか気恥ずかしくなった。僕は家族に会いたかった。家に帰りたいと思っていた。

まだ取り返しのつかないほど、潰《つぶ》れてしまったわけではなかった。けれどもそのときはそういう自覚はなくて、ただ室内のクーラーが寒いと立ち上がっただけだった。立ち上がったついでにシャワーを浴びた。下着を新しくすると激しく眠たくなったが、今寝てしまうと飯を食いはぐれると思った。駅前にアーケード街があって、なぜか焼きうどんの看板が目立ったので、肉の焼きうどんを食べ、夜食用にハンバーガーやクッキーを買ってホテルに戻った。

意思も感覚もないところから、肉入り焼きうどんで回復してしまう自分の薄っぺらぶりが嫌になりながら、しかし決して明るく希望を持って心を立て直したわけではなかった。ベッドに腰かけクッキーを食べながら、九州のぐずぐずしたお笑い番組を見ていると、馬鹿らしさに腹が立ってきたので、持ってきた文庫本を開いてみた。

移動中にも少し読んでいたのだが、ここまでこの本の話は書かないでいた。僕がこの旅にどんな本を持っていったかを書くのは、恥の上塗りにしかならないからだ。それは『おくのほそ道』だった。

どうしてこの一冊が恥ずかしいかというと、旅立つ前に僕は、うっすらとたくらんでいたからだ、俺もこの旅で自分の『おくのほそ道』を書いてやろうと。そのためにノートを持ってきたのでもあった。

僕は「物書き」になりたかった。だから早稲田に入りたかったのだ。小説家でもいいが、いちばんあこがれたのは、詩人かエッセイストだった。とりわけ旅行エッセイストは魅力的な仕事に思えた。旅で収入を得られる。好きな場所へ行って、温泉に浸《つ》かったりうまいものを喰《く》ったりして、それをそのまま書けばそれが商売として成り立つだけでなく、世間からの尊敬も得られると思っていた。……というのは、少し露悪的すぎるかもしれない。十九の僕はもうちょっとうぶだった。生活の計算よりもエッセイストへの憧憬《どうけい》のほうが強かった。詩人である僕が、余技として紀行文を書いているところを空想していた。だからこその『おくのほそ道』であり、芭蕉《ばしょう》が北へ向かったからこそ、自分は南を目指そうと計画したのだ。なかば本気で現代の『おくのほそ道』を書こうとしていたのだ。――旅に出る前は。

各駅停車ばかりを使って、十七時間かけて広島まで行き、今さらに小倉までたどり着いて、僕のノートは真っ白だった。薄い文庫本の頁も大して進んでいなかった。この夜、小倉のホテルで読んだのも数行だった。そしてその数行は、そのときの僕に直接語りかけてくるようだった。

――夜に入りて雷鳴《かみな》り、雨しきりに降りて、臥《ふ》せる上より漏《も》り、蚤《のみ》・蚊《か》にせせられて眠らず、持病さへおこりて、消え入るばかりになん。短夜《みじかよ》の空もやうやう明くれば、また旅立ちぬ。なほ夜のなごり、心進まず、馬借《か》りて桑折《こをり》の駅に出《い》づる。遥《はる》かなる行末をかかへて、かかる病《やまひ》おぼつかなしといへど、羇旅辺土《きりよへんど》の行脚、捨身《しやしん》無常の観念、道路に死なん、これ天の命《めい》なりと、気力いささかとり直《なほ》し、道縦横《じゆうわう》に踏んで、伊達《だて》の大木戸《おほきど》を越《こ》す。

芭蕉は僕にこういっていた。俺は貧乏人の家にやっかいになって、土間にむしろを敷いて寝た。蚤に食われ蚊に刺され、雷雨は寝床に漏れてくるうえに、持病の胆石まで起こって、痛くて苦しくて眠れなかった。それでも翌朝旅立ったんだ。路上でのたれ死ぬのが運命だと思うと、気合が入ったからな。

僕は本を閉じた。それ以上読み進められなかった。つい数時間前、死ぬつもりのないことを確かめたばかりだった。僕は芭蕉の半分も苦しくはなかった。それが悔しかった。僕には僕の苦しみがあるはずなのに、それを「俳聖」にいい返すだけの言葉がなかった。ノートはいつまでも真っ白だった。

冷めきったハンバーガーをかじり、テレビをまたつけた。テレビでもつけていないと、部屋の中が芭蕉の言葉で、うるさくてしょうがなかった。

6

明くる朝、ホテルのレストランで朝食を食べながら、帰ることに決めた。小倉という街を、まったく見ていなかった。たとえ見るべきものがあっても見ないと、心に決めた。これ以上九州に入っていくのもやめた。とにかく帰る。でないと帰れなくなる。

下関から新山口、岩国、広島、なんの未練もなく広島を過ぎて岡山、相生《あいおい》、相生から大阪まで行った。まだ夕方だった。もうこれ以上の強行軍はこりごりだった。例によって旅行案内所でビジネスホテルを紹介された。ビジネスホテルもこりごりだったけれど、風情ある旅館はしきいが高かった。道頓堀《どうとんぼり》でひつまぶしを食べた。

青春18きっぷはあと三日分残っていた。四日間ですっかりぼろぼろになった時刻表と、ホテルのロビーにあった観光パンフレットを見ているうちに、奈良へ行きたくなった。翌朝八時すぎの関西本線に乗った。奈良のことなんか何も知らなかった。鹿にせんべいをやって遊び（この旅で唯一、屈託なく楽しかった）、バスに乗ったり茶屋に入ったりして、辻々《つじつじ》にあった案内の矢印が示すまま、あれこれの古寺を訪ねて歩いた。

広島や小倉や大阪では、少しばかり歩いてなんの感興も催さなかったのに、奈良ばかりはいつまで歩いても歩き飽きなかった。ひと口に古都といっても、奈良は京都や鎌倉《かまくら》とは、まったく違う土地だと感じる。こんな風に書いて人に通じるかどうか知らないが、地霊の質が根本から違う。

人が何百年か住み続け、そこに恋や戦《いくさ》や歌が生まれ、その恋や戦や歌を肥《こえ》にして草木が生え、花が咲けば、どんな土地にも地霊というものはあらわれる。

しかし京都や鎌倉のそれが、数百年にわたる人のいとなみの堆積《たいせき》であるのに対して、奈良の地霊は地面そのものから、つまり人のいとなみのはるか以前から、そこに溜《た》まっているものだ。京都や鎌倉、また大阪や東京といった土地から受ける地霊の印象は、ねじれていたり力強かったり、美しかったり血生臭かったり、ひと筋縄のものではないが、奈良はひたすら明るい。大神《おおみわ》神社で水を飲んで、にゅうめんを食べた。

奈良の明るさに酔いすぎたのか、地霊といえども僕みたいな本当の馬鹿は救いがたいのか、そんなことは一切関係がなかったのか、判らない。とにかくその日は判断力がまるで働かなかった。六時にもなれば人の姿がすうっとなくなる奈良のどこか奥のほうで、僕はこの土地を離れたくなくなってしまったのだ。観光客相手の料理店は次々と店を閉めていって、宿の予約もしていない。自分が今夜の寝泊りに不自由する状況に追いこまれるのを、僕は待っているのかもしれなかった。せっかくここまで、重くはないがやけにかさばる寝袋ってもんを持ち運び続けて、どうやら明日《あした》は帰るのに、いっぺんも使わないで帰るのも、もったいないような、父親に悪いような気がしていた。旅の恥はかき捨て、野宿というのがどんなものか、ためしにやってみたくなったのだ。もしかしたらいくぶんかは、『おくのほそ道』の芭蕉に対抗しようという気があったのかもしれない。

減ったといっても夜だって人通りはあったし、車も走っていた。桜井線《さくらい》――だったと思う――に沿って歩いていたんじゃ、こっそり野宿のできる場所なんか見つからないとは悟ったけれど、見知らぬ土地で暗いほうへ踏みこんでいく勇気はなかなか出なかった。やがてくたびれきったので奈良まで電車に乗り、奈良公園に行ってみたけれど、あそこは夜のデートスポットになっているらしく、暗くて広い場所に人影がちらほらあって、気味が悪くなった。ファミリーレストランみたいなのが近くにあったはずで、僕はそこでたっぷり、ゆっくり食事をし、トイレも使わせて貰《もら》った。そこを出てからどこをどう歩いたのか、真暗闇の中を手探りで歩き、いつしか山道らしい坂を登っていた。何時か知らないが墨の中にいるようなのに、蟬がいつまでも鳴いていた。涼しくもならなかった。いくら奈良が田舎でも、これほど暗くなるもんだろうか、これほど人の姿がないものだろうかと、心細さに泣きたくなってきて、だんだん足が動かなくなった。すると坂が終わって広場に出た。広場かどうか暗くて判らなかったけれど、平らで広かった。なんでもいい、警察に通報されたらかえって好都合だと、僕はどことも知れないそこに荷物を下ろした。わずかな星明りを頼りに寝袋をひろげ、どうにか服のままその中にもぐりこんだ。湿気のある熱帯夜だった。べとべとになったジーパンくらいは脱ぎたかった。しかしもう一度寝袋から出て、どことも知れない場所で下半身を裸にすることは、体力的にも心理的にもできなかった。寝袋のファスナーを下までおろし、ベルトを外して目をつぶった。どうしても枕が必要だと気がつき、バッグを頭の下にあてた。

もうれつな鬱気《うつき》が心を絞めた。背中がごりごりと痛み、情けなさと心細さに寝つけなかった。

野宿というと、いかにも「若かりし頃の思い出」みたいな、微笑ましくもロマンチックな小冒険のように感じるかもしれないけれど、それは本当の野宿をしたことのない人が抱くイメージにすぎない。それを僕はこの一夜で痛感した。父親への不必要な義理立てなんかしなきゃよかったと後悔し、寝ているあいだにどんな人間が（あるいは猛禽《もうきん》が）やってくるか判らないという不安が頭の中でふくれあがり、どんなに目をこらしても、自分がどんなところにいるのかは見えなかった。何が奈良の地霊だ。昼間感じた明るさや豊かさは、この不安とごりごりした背中の感触で、雲散霧消してしまった。

朝焼けに目を覚まされた。眠ったという感覚は全然なかった。坂の中腹ではあったが山道ではなかった。古い家の並ぶ住宅街だった。僕は月極《つきぎめ》駐車場に横になっていた。人の気配はなかった。でもいつ人の気配がし始めるか判らなかった。寝袋を慌てて丸めて坂を下りた。あれだけ歩いたんだからきっと長時間歩かなければいけないだろうし道にも迷うだろうと思っていたのに、あっけないほどすぐに奈良公園が見えてきた。奈良駅に着くと二分後に始発が出るところだった。列車に飛び乗って座席についたとたんに目が開かなくなって、次に目を開けると京都だった。なんの迷いもなく東海道線の上りに乗り、米原まで眠りほうけた。米原駅のプラットホームでようやくしゃくしゃのままだった寝袋をたたみ直し、ふと気がついて下を見ると、ズボンのチャックが全開だった。

7

そのあと、どうしてあんなことをしたのか判らない。

昔のことで細かい記憶はあいまいだけど、この日、奈良駅の始発に乗ったのは間違いない。京都で間髪いれずに東海道線に乗ったのも確かだ。とすると、米原に僕は七時ちょっと過ぎには着いていたことになる。そこから電車を乗り継いで、我が家の最寄駅まで行くのは、今までの旅程にくらべたら、難しくもないし体力的に負担でもない。それなのにどうして僕は、豊橋から新幹線に乗ろうなどと思ってしまったのか。ただ乗りしようなどと。

青春18きっぷは各駅停車と快速にしか乗れないだけではなかった。特急列車に乗車するには、特急券だけでなく、普通乗車券も改めて買う規則になっていた。二千円足らずで一日乗り放題を満喫していた身にすればでかい出費で、新幹線など貴族の乗り物に思える。自分には縁のない列車だと、それまでは見向きもしなかった。各駅停車しか乗れないことを不服に感じたこともなかった。感じるべき不服は、ほかにいくらでもあったことだし。

このとき、僕は焦りと苛立《いらだ》ちに背中を針みたいなものでちくちく刺されていたのだ。一刻も早く家に帰りたい。それしか頭になかった。このくだらない、情緒も、ゆとりも、感動も、発見もない、ただの移動を、早く終わらせたかった。前へ進むごとに恥ずかしさと屈辱と、間抜けぶりとぎこちなさを積み重ねていくだけの道程、それも誰かに見られたとか笑われたとかいうのならまだしも、責めさいなみ嘲笑《ちょうしょう》しているのは、自分自身ただ一人なのだ。骨折り損のくたびれ儲《もう》けというけれど、いっそ文字通り骨折でもしていたほうが、まだしも精神衛生上よかったかもしれない。早く家に帰りたいというのは、両親や弟たちの顔が見たいというより、こんな移動の一切合財を、なかったことにしたい、広島や小倉になんか、行っていないことにしたいという思いからだった。

東海道新幹線は僕の最寄駅には停まらない、僕がたくらんだのは、こだま号で豊橋から熱海まで行き、そこからまた東海道線に乗って最寄駅まで行こうということだった。それで短縮できる時間は、ほんの一時間ほどだった。それでもよかった。なんでもよかった。前夜のかっこ悪い野宿のために腰はうまく動いてくれなかったし、車中の居眠りくらいで疲れの取れるわけもなく、目はちかちかするし、頭も痛かった。

手持ちの金は底をつきかけていた。預金は残っていたのだから、豊橋で途中下車して金をおろせばよかった。それを思いつかなかったわけではないけれど、改札を出るのは面倒臭かったし、豊橋の新幹線の改札さえごまかして通り抜けられれば、何千円も浮くという計算のほうが、そのときの自分にははるかに簡単だった。

そしてそれは実際うまくいったのだ。当時豊橋の新幹線用の改札はまだ自動改札ではなく、駅員がハサミの形をしたスタンプを持って立っていたのだが、僕が恐るおそるその前まで行ってみると、ちょうど老人の団体旅行客たちが二、三十人もごった返していて、添乗員が全員分の改札をして貰《もら》っているところだったのである。駅員はその処理に忙しく、青春18きっぷを裏返してあたかも特急乗車券のように見せかけながらすり抜けても、相手にしなかった。僕だけでなく、なんにもしないでそこを通った人は何人かいた。

僕はあっさり新幹線のプラットホームに入ることができた。それでもびくついて、さりげなく周囲を見渡すと、斜めうしろから僕をじっと見ている女の子がいるのに気がついた。こっちの気にしすぎかともおもったけれど、目が合ったとたんに顔をそむけたのは変だった。自由席の停車位置までホームを移動すると、その女の子も距離をおきながらゆっくりついてきた。髪をツインテールにして、タータンチェックの長袖《ながそで》をまくりあげて、ジーパンをはいて、キャスターのついたピンク色の旅行カバンを引きずった、ちょっとふっくらした感じの、僕と同年代の女の子だった。

こだま号が入ってきた。どうにでもなれという気持ちと、乗れば人生は終わりだという気持ちの葛藤《かっとう》は、いつの間にか僕の前後にできていた乗客の列に流されて意味を失った。

車内は空《す》いていた。車輛《しゃりょう》のいちばんうしろの席にいったん腰を下ろした。車掌が切符を見に来た時に、すぐ逃げられると思ったからだ。けれども考えてみれば車掌というのは列車のうしろにいるものだ。前後どちらから来られても逃げられるよう、中央の席に移った。座ってから自分が、改札からずうっと手に青春18きっぷを握りしめていることに気がついた。脂汗が止まらなかった。列車が動き出し、すぐに車内販売が入ってきたときには心臓が止まるかと思った。女の子の姿はいつの間にか見失った。

車掌の来ないまま静岡についた。人が大勢乗ってきて、新幹線はいつまでも停まっていた。奈良の神様たちが、もう降りろ降りろといっているような気がした。もし本当に神々が僕にそうささやいていたとしたら、それは、そうささやけば僕が意固地になって降りようとしないだろうと見越してのことだったかもしれない。静岡で新幹線を降りていたら、そのあとあったことは起こらなかった。そのほうがよかったのかどうか、僕は今でも判断がつかないのだ。

不安に怯《おび》えているうちに静岡を出た。当時まだ新富士《しんふじ》駅という駅はなく、次は三島《みしま》で、その次が熱海だった。いっそ小田原《おだわら》まで行かれれば楽だとも思ったけれど、金もないのに新幹線を無賃乗車同然で使っている今の状態がそもそも、楽でもなんでもなかった。トイレに立った。すると自分のいるすぐ隣の車輛に車掌が来ているのが見えた。うまく用をたせないくらい身体が震えた。食堂車はどこにあるだろう、ビュッフェは。その頃の新幹線は煙草が勝手放題に吸えたから、喫煙室はなかった。トイレを出てぐずぐず手を洗いながら、僕は逃亡先に頭をめぐらせていた。すると間もなく三島到着というアナウンスが流れた。ここでぐずぐずしていたら破滅する。慌てていないフリをしながら荷物を抱え、車掌のいるのとは反対側のドアの前に立った。早くドア開け早くと、声を出さないよう自制するのに必死だった。

ドアの開ききらないうちに飛び出した。俺は忙しいトラベラーなんだという風を装うことにした。今すぐ駅を出なきゃ遅刻する、改札なんかでぐずぐずしている暇はないんだ。駅員にそう見えますようにと祈りながら改札を突っ切った。

「ちょっとお客さんッ」

背後で声がした。僕は走り続けるべきだった。けれどもそのひと言でぴたりと動きを止めてしまった。それればかりか振り返って駅員を見てしまった。

すぐにもう一人駅員が来て、切符を改められた。汗でべとついた青春18きっぷを見て、駅員たちの表情はいよいよ険しくなった。僕は駅員室に連れて行かれた。

全身の力が抜け、何もかもがおしまいだと本気で思いながら、僕は持ち金が殆《ほと》んど残っていないこと、日本中を旅して疲れきっていること、浪人二年目であることまで、問われるままにうなだれながら話した。

ひとしきり話をさせられると、今度は中年の駅員が説教を始めた。駄目じゃないかッ！　無賃乗車は窃盗と同じだぞ。家でみやげ話を待ってるお父さんお母さんに、申し訳ないと思わないのかッ！　浪人てことは学生だろう。日本の未来をしょって立つ自覚を持たなきゃ駄目じゃないかッ！　いつまでも甘ったれた子供の気分でいたら、世間が承知しないんだぞッ！

言葉にいちいちぺこぺこ頭を下げている僕が、よっぽど惨めに見えたのだろう。あるいはその駅員が人情家だったのかもしれない。今度やったらこの程度じゃ済まないよといって、駅員は僕を放免してくれた。住所氏名は書かされたし、予備校の学生証はコピーを取られたから、再犯抑止効果は充分だった。

一時間くらいは怒られていたと思う。がっくりと肩を落として駅員室を出た。すべてが最低だった。

顔を上げると、向こう側のベンチに腰かけていた女の子と目が合った。豊橋にいたツインテールの子だった。

8

女の子は僕を見ると立ち上がってこっちに歩いてきた。深刻なようなふざけているような、読み取りにくい表情だった。

「何」

僕はいった。彼女はきっと、僕が豊橋で新幹線の改札をすり抜けたのを知っている。責められるか、駅員にばれたのをからかわれるか、どっちかだろうと思った。

「どこまで行くの？」

自分から近寄ってきたくせに、警戒するような口調だった。僕は最寄駅をいった。

「ふーん」女の子はいった。「君、そこ住んでんの？」

人のことを、君、なんていう女の子、初めて見た。僕は頷《うなず》いた。

「あたし渋谷《しぶや》行くん。途中まで一緒に行く?」

僕は返事をしなかった。なんとなくおかしい感じがした。女の子の目的が見えなかった。別なシチュエーションで、別のコンディションなら、僕からしたら大喜びの提案だった。けれどもシチュエーションで、僕はそんなコンディションにもシチュエーションにもいなかった。女の子は怪しかった。けれどもなんのためにこんなに怪しいのか判らなかった。しかしなんにしても、僕も彼女も三島にいて、三島からは二人とも東海道線の上り列車に乗るしかなかった。僕が歩き始めると、女の子は並んでついてきた。

東海道線上りは一時間に四本しか出ないと判った。僕はため息をついて、プラットホームのベンチに腰をおろした。

「あたしがお弁当買ってきたら、一緒に食べる?」

女の子はそんな、さらに怪しげなことをいった。朝から何も食べていなかったけれど、食欲はなかったし、ましてそんな誘いに乗る気はなかった。僕ははっきり首を横に振った。

女の子はピンクの旅行カバンを置いて売店に行った。僕にカバンを見ておけということなのか。こんなもの放ってどっかに行ってしまいたかったけれど、行ける場所といったらプラットホームの向こう端くらいなものだった。どうしたって電車は同じになる。

つまらなくてつらいばかりだった旅、いや「移動」の終わりに、女の子と話ぐらいしたいという気持ちもあった。付き合うとまでいかなくても、知り合いくらいにはなれるかもしれない。でも怪しい。怪しくはあるけれど、僕にはだまされて盗まれるほどの金は残っていなかった。このまま座っていることに決め、お弁当をぐずぐず選んでいるらしい女の子のジーパンの遠いお尻《しり》を、ぼんやりながめた。

頭はくらくらと麻痺《まひ》していた。いろんなことがいっぺんに起こりすぎていた。青春18きっぷに最初に日付が入った日からずっとそうだったけれど、この日はとりわけ事件が多かった。半日前まで奈良の駐車場で寝袋にくるまっていたと思うと気が遠くなりそうだった。女の子のお尻は広島のお姐《ねえ》さんを思い出させた。するとなぜか、寝袋の中で苦しんだのは布団売り場をないがしろにした報いだという想念がいきなり浮かんできて、そこから小倉のアーケード街や芭蕉の胆石、せんべいを奪い合う鹿やどの大学からも相手にされない自分、ついにひと文字も書かれなかったノートの白い頁や駅員の怒鳴り声が心の中で爆発して、僕は思わず両手で頭を抱えこんだ。

ベンチの隣に女の子が座って、何か声をかけてきた。その声は僕の耳に届かなかった。頭の中で鳴り響くここ数日の記憶の声のほうが、よっぽど大きかった。女の子は一人で何か食べていた。缶コーヒーの匂いがした。

ようやく来た列車はふた駅先の熱海までしか行かないやつだった。四人がけの座席に、僕と女の子は向かい合って座って、ひと言も喋《しゃべ》らなかった。女の子を可愛いとか、なんのつもりなんだろうと自分が思ってしまうのがわずらわしかった。女の子は相変わらずにこりともしないで、僕のことを注意深く観察するような目で見ていた。

熱海でも二十分以上待たされた。それでも、あの駅員たちがいる三島を離れたことにだけは、心が少しばかり安らいだ。腹が減ってきた。熱海はなじみのある土地だ。家が近いという安堵《あんど》感もあった。

座っているだけで汗ばんでくるので、アイスクリームを食べようと思った。売店の冷凍庫を開けようとすると、女の子がついてきて、横から小声でこういった。

「奢《おご》ったげようか。お金ないんでしょ」

思わず僕は女の子を睨《にら》みつけた。

「いいよ。これくらいは持ってる」

小銭がなくて千円札を出し、ふと思い立ってバニラアイスをふたつ買った。お金がないといわれた反動だったかもしれない。ベンチに並んで二人でアイスを食べた。うっすらと潮の気配のする暑さだった。

「あたしいちごアイスがよかったな」

ふざけんなと思ってまた睨むと、女の子は気弱そうに僕を見て、

「ピンク色が好きなだけ。味はバニラが好きなん」

といった。さっきから薄々気になっていたのだが、どこの訛《なま》りを隠して標準語を喋る努力をしているのかは判らなかった。

「どっから来たの」女の子が訊《き》いてきた。

「さっきいっただろ」僕は答えた。

「どこ行ってきたの」

「広島、小倉、奈良」

「どこがよかった？」

「奈良」

「渋谷とどっちがいい？」

僕はぷっと噴いてしまった。ずっと不機嫌な顔をしていたかったのに。噴いたせいで余計に機嫌は悪くなった。

「あたしこれから渋谷に行くの」

僕の返事がないのも構わず、女の子はいった。

「それでもう帰らない」

その言葉にこっちが何かいったら、話が弾んでしまいそうだったので、黙ってアイスに専念した。

列車がホームに来たが、なかなか発車しなかった。女の子は当たり前のようにさっきと同様、四人がけの席に、僕と向かい合って座った。

　この列車が熱海を発車すれば、一時間で僕の駅に着く。僕は経験をまとめたかった。この六日間は一体なんだったんだろうと考えたかった。こんな意味不明の女の子がいたんじゃ、集中して思考することとなんかできっこなかった。さっさと別の席に移るとか、邪魔だからあっちいってくれないかといって、女の子をあっさり目の前から追い出せない自分の好奇心に嫌気がさした。といってこっちから、君は誰なんだとか、なんで三島で僕をずっと待ってたのとか、尋ねる気にもならなかった。

「渋谷、よく行く？」

　女の子はどうやら、さりげない風を装っているつもりみたいだった。

「あんまり行かない」

「でも行ったことあるでしょう？」

「そりゃ、あるよ」

　僕の軽い答えは、女の子の気に入らなかったようだった。

　列車が走り出した。女の子が窓の外を見て物思いにふけり始めたので、僕はなんとなく『おくのほそ道』をバッグから出して開いた。もちろん文字なんか目に入ってこない。本で女の子を遮断し、少しでも考えの整理ができればと思った。考えることまでできなくても、せめてちょっと一人になりたかった。

すると五分もしないうちに女の子は、ぱっと僕から文庫本を取りあげ、開いていた頁を読み始めた。

「涼しさ、やほの三日、月の羽黒山《はぐろ》……」女の子は小首をかしげて、「なんだこれ」

「涼しさや、ほの三日月の、羽黒山、だよ」僕は笑いたくなかったのに、またしても笑顔になってしまった。

「ふん」女の子は鼻を鳴らして、次を読んだ。「雲の峰、いくつ崩れて、月の山……で、いいの？」

「いいんじゃない」

「こんなのつまんないね」

　女の子は芭蕉の句をあっさり捨てて、また次を読んだ。

「語られぬ、湯殿《ゆどの》にぬらす、袂《たもと》かな」

　女の子はその句をじっと見つめた。それからそれをもう一回読んだ。そして僕を見た。

「どういう意味だろ」

「知らないよ。今読んでるところなんだから」

「俳句は読んで字の如し」女の子はいった。「おじいちゃんがそうやって教えてくれたん」

「へえ」

「こんなところで役に立った」

女の子はなおしばらく湯殿の句を見つめて、

「憶《おぼ》えとこ。これいい」

といって、僕に本を返した。

それから少しのあいだ口の中で小さく「かたられぬ……」と呟《つぶや》いていたが、やがてかたわらに置いていたカバンを開いた。見るつもりはなかったけれど、ピンク色の服や何かが詰っているらしかった。女の子はカバンから、ピンク色のポシェットを出し、ポシェットの中からピンク色の小さなノートと、ピンクのボールペンを取り出した。女の子は湯殿の句を忘れないように書きとめていた。

「そんなにいいかな、これ」僕はいった。

「語られぬ、ってとこがいい」女の子はいった。「いえないことって、あったほうがいいもん」

「山形の湯殿山のことだってさ」僕は文庫の注釈を読んで教えてやった。「その山のことは喋っちゃいけないことになってんだって。行者の掟《おきて》で。つまり宗教的な緘口令《かんこうれい》のことだな、この俳句は」

「つまんないね、知識って」女の子はいった。「掟なんかどうだっていい。いえなくて、ちょっと泣いちゃうみたいなことは、あったほうがいいん。それだけよ」

女の子のその言葉は、心の硬くなったところにしみていくようだった。思いがけなかった。

「君、大丈夫ね」

女の子がいった。

「大丈夫かどうか判ってる人間なんていないだろ」

僕はいった。

それからは、あんまり喋らなかった。人が乗ってきて、僕たちの座席にも中年のサラリーマンが来たりしたせいもあった。

アナウンスが僕の駅を告げた。僕は網棚からバッグと寝袋をおろした。

「大丈夫ね」

女の子はまた同じことを訊いてきた。

「なんだよそれ」子供扱いされてるみたいで、面白くなかった。「なんでそんなこと訊くの」

「だって、君に悪いことしちゃったみたいな気がするから」

「どうして」

「どうしてでも」

街が見えてきた。

「ねえ、君いい人ね」女の子は前かがみになって、僕の膝《ひざ》に手をおいた。「いい人ほど苦労するって、おじいちゃんいつもいってたん。苦労しなきゃ、人は絶対に幸せになれない、幸せになるには、絶対苦労しなきゃいけない、苦労しないで幸せになったって、たかが知れてる、年取れば判る、って。だからあたし渋谷に行くんだよ。知ってる人なんか誰もいないけど」

この女の子のことを知ろうとしないと、僕は決めていた。知ろうとしたら果てしがない。僕にはその果てしなさを引き受ける力がなかった。

駅に着いた。

女の子のピンク色のノートに、僕の名前や電話番号を書いたらどうだろうとは、そのずっと前から考えていた。それくらいなら、女の子は拒まないだろう。でも駄目だった。浪人中なんだ。やらなきゃいけないことが山のようにある。広島のお姐《ねえ》さんとは、わけが違った。

「じゃあ元気で」僕はいった。

「ありがとう」女の子はいった。

一応の礼儀のつもりで、僕は駅に降りてからも、プラットホームで彼女のいる窓の前に立って、発車を待った。すると女の子は、ジーパンのポケットから自分の切符を取り出して、神妙な顔をしながら僕に見せた。それで僕にはすっかり理解できた。女の子の持っていたのは僕と同じ、青春18きっぷだったのだ。彼女は、僕とまったく同じ手口で新幹線をただ乗りして、けれど駅員には見咎《みとが》められずに三島で降りられたのだ。

それはきっと、駅員が僕を捕まえるのに集中していたからだったのだろう。豊橋駅で僕は自分の切符を手に持ったままだったから、それを彼女は見たのかもしれない。そもそも渋谷を目指しているのに新幹線を三島で下車したのだって、車内での僕の挙動から、車掌が近づいてくるのを察したからだったんじゃなかろうか。

発車ベルが鳴った。僕は彼女の切符を指さして、あたりはばからず大笑いしてしまった。やられた！　うまくやったな！　そんな痛快な気分が湧きあがって、笑いを止められなかった。僕は女の子に向かって親指をぐっと上げた。

その僕を見て、女の子の顔は一気に晴れていった。温かさに触れて花が開いたときの笑顔だった。女の子は手を振った。僕も振った。列車は女の子を乗せて走り去った。

それきりもちろん会わない。しかし、まったくなんの根拠もないけれど、僕はあの女の子が今、たくましく幸せに生きていることを信じている。

蛤《はまぐり》の
　ふたみに
　　別れ行く秋ぞ

という『おくのほそ道』末尾の句に、せつなさとともにどこか力強い明るさを感じられるようになって、なぜかその気持ちは、いよいよ確かなものに感じられる。

そして彼女がたくましく、幸せに生きているであろうことは、この旅のあとに続いた僕の今の人生を、ちょっとばかり支えてもいるのだ。

初出

郵便少年　ほっと文庫（二〇一一年八月）
フィルムの外　本の旅人（二〇一四年五月号・六月号）
三泊四日のサマーツアー　本の旅人（二〇一四年三月号・四月号）
真夏の動物園　野性時代（二〇一三年四月号）
ささくれ紀行　本の旅人（二〇一四年七月号・八月号）

ひとなつの。

真夏《まなつ》に読《よ》みたい五《いつ》つの物語《ものがたり》

大島真寿美《おおしまますみ》／瀧羽麻子《たきわあさこ》／藤谷《ふじたに》 治《おさむ》
森見登美彦《もりみとみひこ》／椰月美智子《やづきみちこ》
角川文庫編集部《かどかわぶんこへんしゅうぶ》＝編

平成26年 7月25日　初版発行

発行者●堀内大示

発行所●株式会社KADOKAWA
〒102-8177　東京都千代田区富士見2-13-3
電話 03-3238-8521（営業）
http://www.kadokawa.co.jp/

編集●角川書店
〒102-8078　東京都千代田区富士見1-8-19
電話 03-3238-8555（編集部）

角川文庫 18651

印刷所●株式会社暁印刷　製本所●株式会社ビルディング・ブックセンター

表紙画●和田三造

Printed in Japan　ISBN978-4-04-101565-0　C0193

角川文庫発刊に際して

角川源義

第二次世界大戦の敗北は、軍事力の敗北であった以上に、私たちの若い文化力の敗退であった。私たちの文化が戦争に対して如何に無力であり、単なるあだ花に過ぎなかったかを、私たちは身を以て体験し痛感した。西洋近代文化の摂取にとって、明治以後八十年の歳月は決して短かすぎたとは言えない。にもかかわらず、近代文化の伝統を確立し、自由な批判と柔軟な良識に富む文化層として自らを形成することに私たちは失敗して来た。そしてこれは、各層への文化の普及滲透を任務とする出版人の責任でもあった。

一九四五年以来、私たちは再び振出しに戻り、第一歩から踏み出すことを余儀なくされた。これは大きな不幸ではあるが、反面、これまでの混沌・未熟・歪曲の中にあった我が国の文化に秩序と確たる基礎を齎らすためには絶好の機会でもある。角川書店は、このような祖国の文化的危機にあたり、微力をも顧みず再建の礎石たるべき抱負と決意とをもって出発したが、ここに創立以来の念願を果すべく角川文庫を発刊する。これまで刊行されたあらゆる全集叢書文庫類の長所と短所とを検討し、古今東西の不朽の典籍を、良心的編集のもとに、廉価に、そして書架にふさわしい美本として、多くのひとびとに提供しようとする。しかし私たちは徒らに百科全書的な知識のジレッタントを作ることを目的とせず、あくまで祖国の文化に秩序と再建への道を示し、この文庫を角川書店の栄ある事業として、今後永久に継続発展せしめ、学芸と教養との殿堂として大成せんことを期したい。多くの読書子の愛情ある忠言と支持とによって、この希望と抱負とを完遂せしめられんことを願う。

一九四九年五月三日

角川文庫ベストセラー

水の繭　大島真寿美

母と兄、そして父も、私をおいていなくなった。ひとりぼっちのとうこのもとに転がりこんできた従妹。別居する兄は不安定な母のため、時々とうこになりかわっていた。喪失を抱えながら立ちあがる少女の物語。

宙の家　大島真寿美

女子高に通う雛子の家は、マンションの11階にある4LDK。暇さえあれば寝てしまう雛子、一風変わった弟の真人、最近変な受け答えをするようになった祖母。ぎりぎりで保たれていた家族の均衡が崩れだす。

チョコリエッタ　大島真寿美

幼稚園のときに事故で家族を亡くした知世子。孤独を抱え「チョコリエッタ」という虚構の名前にくるまり逃避していた彼女に、映画研究会の先輩・正岡はカメラを向けて……こわばった心がときほぐされる物語。

戦友の恋　大島真寿美

「友達」なんて言葉じゃ表現できない、戦友としか呼べない玖美子。彼女は突然の病に倒れ、帰らぬ人となった。彼女がいない世界はからっぽで、心細くて……大注目の作家が描いた喪失と再生の最高傑作！

白雪堂化粧品マーケティング部
峰村幸子の仕事と恋　瀧羽麻子

峰村幸子が新卒で入社した白雪堂。技術力が高いこの会社だが、30年間売り続けてきた看板ブランドの売上げは右肩下がりで……あたりまえの日々が愛しくなる、好感度ナンバーワンのお仕事小説。

角川文庫ベストセラー

四畳半神話大系
森見登美彦

私は冴えない大学3回生。バラ色のキャンパスライフを想像していたのに、現実はほど遠い。できれば1回生に戻ってやり直したい！　4つの並行世界で繰り広げられる、おかしくもほろ苦い青春ストーリー。

夜は短し歩けよ乙女
森見登美彦

黒髪の乙女にひそかに想いを寄せる先輩は、京都のいたるところで彼女の姿を追い求めた。二人を待ち受ける珍事件の数々、そして運命の大転回。山本周五郎賞受賞、本屋大賞2位、恋愛ファンタジーの大傑作！

ペンギン・ハイウェイ
森見登美彦

小学4年生のぼくが住む郊外の町に突然ペンギンたちが現れた。この事件に歯科医院のお姉さんが関わっていることを知ったぼくは、その謎を研究することにした。未知と出会うことの驚きに満ちた長編小説。

フリン
椰月美智子

父親の不貞、旦那の浮気、魔が差した主婦……リバーサイドマンションに住む家族のあいだで繰り広げられる情事。愛憎、恐怖、哀しみ……『るり姉』で注目の実力派が様々なフリンのカタチを描く、連作短編集。

きみが見つける物語
十代のための新名作　スクール編

編／角川文庫編集部

小説には、毎日を輝かせる鍵がある。読者と選んだ好評アンソロジーシリーズ。スクール編には、あさのあつこ、恩田陸、加納朋子、北村薫、豊島ミホ、はやみねかおる、村上春樹の短編を収録。